vanessa und ina

TOGETHER on TOUR

vanessa und ina

TOGETHER on TOUR

EINE REGENBOGEN-
BUNTE REISE

Community EDITIONS

Hey ihr Lieben,

wir sind Vanessa und Ina und wir sind verheiratet! In unserem Leben passieren aktuell soo viele wunderschöne Sachen und wir fühlen uns unseren Träumen unglaublich nahe. Wir sind sehr happy, dass wir unsere Geschichte hier mit euch teilen können und ihr die Reise mit uns zusammen unternehmt.

Angefangen hatte diese Reise zu uns selbst und zueinander mit viel Unsicherheit, Angst und Selbsthass. Inzwischen sind wir aber miteinander gewachsen und beide stärker geworden. Außerdem haben wir eine riesige Community, die hinter uns steht. Auf TikTok folgen uns über drei und auf Instagram fast zwei Millionen Menschen. Auf diesen Plattformen teilen wir vor allem unsere Geschichte, aber ermutigen auch dazu, sich mehr mit dem Thema LGBTQ* und den Menschen dahinter zu beschäftigen, zu seiner eigenen Sexualität zu stehen und sich selbst zu lieben. Warum wir uns öffentlich so für LGBTQ* einsetzen? Weil sich zwar schon vieles zum Positiven verändert hat, aber es immer noch Diskriminierung und Unwissenheit auf der Welt gibt – und zwar nicht nur weit weg, sondern direkt hier vor unseren Haustüren! Indem wir unsere Geschichte und Meinung mit euch teilen, hoffen wir, dass wir etwas zum großen Ganzen und zu einer guten Entwicklung beitragen können. Auch wenn du dich vielleicht selbst nicht zu der LGBTQ*-Community zählst, ist dieses Buch spannend für dich. Und je mehr Menschen sich damit auseinandersetzen und sich der Probleme bewusst werden, desto bunter und offener wird diese Welt!

Ihr haltet hier mittlerweile schon unser zweites Buch in den Händen. Seit unserem ersten Buch *Love on Tour. Ein Buch übers Suchen, Finden und Festhalten*, das im Juni 2021 erschienen ist, ist viel passiert! Denn wir sind zwei unserer größten Lebenswünsche angegangen: heiraten und ein Kind bekommen. Ob eins oder beides geklappt hat und wie wir uns dabei gefühlt haben, erzählen wir euch chronologisch auf all den folgenden Seiten. Für alle, die unser erstes Buch nicht gelesen haben, geben wir im ersten Kapitel auch eine kleine Rückschau. Es lohnt sich natürlich trotzdem, auch das erste Buch zu lesen 😉.

Wir haben euch gefragt, was ihr euch für Veränderungen für unser zweites Buch wünscht. Und ihr wart euch alle einig: nichts 😁! Deswegen haben wir es genauso aufgebaut wie beim ersten Mal. Euch erwartet vor allem natürlich unsere Geschichte, aber auch ein Informations- und Aktivteil, wo ihr tiefer in das LGBTQ*-Thema einsteigen könnt, um bestens informiert zu sein und vor euren Herzensmenschen angeben zu können. Dort stellen wir euch auch Aufgaben und Fragen, damit ihr selbst aktiv werden könnt.

Wir hoffen, dass ihr beim Lesen ganz viel Spaß und Freude habt und dass ihr das Buch immer wieder zur Hand nehmen werdet.

Eure Nessi und Ina ❤

WAS BISHER GESCHAH

In unserem ersten Buch *Love on Tour* haben wir euch auf unsere Lebensreise mitgenommen. Wie unsere Kindheit und Pubertät war, welche Erfahrungen wir mit Homosexualität gemacht (oder leider auch nicht gemacht) haben. Wie wir anfingen, uns zu fragen, ob mit uns etwas falsch sei. Von unterdrückten und geheim gehaltenen Gefühlen, Scham, Unsicherheit und Selbstzweifel. Wie wir uns schlussendlich kennen- und lieben gelernt haben. Eine riesige Palette an Ereignissen und Gefühlen also!

Für alle, die uns noch nicht kennen: Wir verwenden Spitznamen füreinander. Vanessas vollständiger Name ist Vanessa Madeleine (nach ihrer Mama) Monika (nach ihrer Oma väterlicherseits). Genannt wird sie aber meistens »Nessi«. Inas tatsächlicher Vorname ist Katharina, den Spitznamen »Ina« hat Nessi ihr im Sommer 2016 gegeben. Ein Wort, das euch in diesem Buch außerdem ins Auge fallen wird, wenn ihr uns noch nicht folgt, ist der Name »Bubu«.

Das ist unser liebster gegenseitiger Kosename füreinander. Das kam daher, dass wir, noch bevor wir zusammengekommen sind, uns immer Bebi und Baby genannt haben. Im Herbst 2016 hat Ina dann das erste Mal Bubu als Kosenamen geschrieben und dabei sind wir dann einfach geblieben – wir haben uns den Namen sogar beide tätowieren lassen.

Ina erblickte am 2. April 1996 das Licht der Welt und wuchs in einem Dorf in Brandenburg auf. Beim Spielen mit Puppen oder anderen Kindergartenkindern gab es nur die Familienkonstellation »Mama, Papa, Kind«. Sie kam in keinerlei Kontakt zu dem Thema LGBTQ* oder Regenbogenfamilien. Deswegen möchte sie heute umso mehr dafür sorgen, dass die Kinder nach ihr weltoffener aufwachsen.

Vanessa wurde am 27. September 1996 auf Mallorca geboren. Ihre Eltern hatten sich auf der Insel erst kennen- und dann lieben gelernt. Sie führten jahrelang gemeinsam ein Restaurant – direkt am Ballermann 3. Doch als Nessi acht Jahre alt war, trennten sich ihre Eltern, daher zog sie dann mit ihrer Mama und ihrer Schwester nach Brandenburg. Nach der Scheidung ihrer Eltern malte sie sich aus, wie sie später mal ihr Leben gestalten würde. Da sie aus einer Familie kam, in der viele Familienmitglieder geschieden waren, setzte sie sich schon in jungen Jahren ein großes Ziel: Sie wollte sich irgendwann in einen wundervollen Menschen verlieben, um dann für immer mit dieser Person zusammenzubleiben. Über Homosexualität wurde in ihrer Familie nie gesprochen. Im schulischen Biologieunterricht wurde zwar standardmäßig aufgeklärt, aber dort wurde ihrer Erinnerung nach nicht ein einziges Wort zum Thema gleichgeschlechtliche Liebe verloren. Den ersten

Kontakt mit dem Thema bekam sie erst durch das Buch *Love Simon*, das im Englischunterricht in der zehnten Klasse gelesen wurde.

Menschen aus der LGBTQ*-Community und auch wir bekommen oft die Frage zu hören: »Wann hast du das erste Mal gemerkt, dass du ›anders‹ bist?« Aber bei Ina gab es diesen Tag nicht. Bis sie verstand, dass sie lesbisch war, war es ein langer Weg und ein richtiger Prozess, der viel Zeit brauchte. So ahnte sie erst im Alter von zwanzig Jahren, dass sie lesbisch sein könnte, als sie sich zum ersten Mal so richtig in eine Frau verliebte: in Vanessa. Wäre sie sich über ihre sexuelle Orientierung viel früher bewusst gewesen, wenn das Thema LGBTQ* in der Schule, der Familie, in Film und Fernsehen oder im Freundeskreis aufgetaucht wäre? Das können wir natürlich nicht wissen, aber die Vermutung liegt schon ziemlich nahe. Denn lesbisch sein ist nicht etwas, das man sich im Laufe seines Lebens aneignet oder »antrainiert«. Man wird damit geboren. In Inas Pubertät drehten sich die Gespräche unter Gleichaltrigen vor allem nur um ein Thema: Jungs. Für wen man schwärmte, wen man alles gern daten würde, wie es wäre, mit einem zusammen zu sein usw. Während andere um sie herum schon die ersten festen Freunde mit nach Hause brachten, musste sie sich die Nachfragen ihrer Familie anhören. Verbunden mit dem Wunsch, diese Frage nicht mehr gestellt zu bekommen, wäre es einmal sogar fast dazu gekommen: Als Ina fünfzehn Jahre alt war, hatte sie das Gefühl, sich in einen Jungen verliebt zu haben, weil er scheinbar alles mitbrachte, was Jungs in diesem Alter so haben sollten. Er gefiel ihr, sie mochte ihn und er hatte einen Bad-Boy-Charakter. Als er ihr einen Korb gab, weil er mehr Interesse an ihrer besten Freundin hatte, war das ein herber Schlag für sie. Die von dieser Ablehnung ausgelöste Verletzung lässt sich schnell mit

Liebeskummer verwechseln. Aber so müsste sich ja Liebeskummer schließlich anfühlen, oder? Sie fühlte sich als Außenseiterin, die selbst schuld daran war, noch immer keinen Freund zu haben. Vor allem in dieser Zeit war ihr Leben von Selbstzweifeln geprägt: Sie fühlte sich hässlich, unkommunikativ und schüchtern. Erst im Rückblick konnte sie bestimmte Situationen viel besser einordnen und erkannte zum Beispiel als Erwachsene mithilfe eines Tagebucheintrags von damals, dass sie mit sechzehn Jahren in ihre Biologielehrerin verliebt gewesen war.

Vanessa hingegen küsste bei einem Partyspiel zum ersten Mal ein Mädchen: ihre damals beste Freundin. Doch das löste in ihr nicht die Frage aus, ob sie nun lesbisch sein könnte – es war für sie einfach aufregend und mit Spaß verbunden. Genau wie Ina dachte sie während ihrer Pubertät, dass sie sich in einen Jungen verliebt haben könnte. Sie saß mit ihm gemeinsam im Schulbus und es kam zum ersten Flirt in Nessis Leben. Doch mehr konnte und wollte sie sich nicht vorstellen. Während es bei Gleichaltrigen ebenfalls nur um das Thema Jungs ging und sie immer mehr zur Außenseiterin in der Schule wurde, war sie froh, dass sie parallel zur Schule in der Systemgastronomie jobbte. Hier traf sie auf offene und freundliche Kolleg*innen, die so etwas wie eine zweite Familie für sie wurden.

Die beiden lernten sich zum ersten Mal in der Schule kennen, aber hatten eigentlich keinen Kontakt miteinander: Sie sahen sich nur auf dem Schulhof oder im Schulbus und – wie man das damals eben mit allen machte, die man irgendwann mal kennengelernt hatte – verknüpften sich auf Facebook. Am 20. März 2016 fand Vanessa dann Ina durch Zufall auf Instagram. Ihr gefiel ein Bild von Inas neuer Frisur und den jetzt blond gefärbten Haaren (vorher waren sie leuchtend rot). Sie beschloss daher, sie anzuschreiben: »Heftig, wie schön du bist! 🌸« Und so begann die gemeinsame Kennenlernreise:

Wir chatteten eine Woche lang, sprachen über blondierte Haare, unseren Alltag, Gott und die Welt, bis wir uns am 27. März 2016 bei einem Treffen das erste Mal nach langer Zeit wieder persönlich sahen. Danach wurde unsere Freundschaft sehr schnell sehr intensiv. Wir telefonierten oder schrieben täglich, trafen uns jedes zweite Wochenende, gingen auf Partys und kamen uns immer näher. Dank eines Partyspiels fanden wir außerdem gleich am Anfang heraus, dass wir beide schon einmal eine Frau geküsst hatten.
Nach nur zwei persönlichen Treffen schrieb Vanessa am 3. April 2016 in ihr Tagebuch: »Ich habe mich verliebt. Allerdings in den falschen Menschen. Sie heißt Katharina und kommt aus Prenzlauer Berg.« Und obwohl sich das wie eine Offenbarung liest und Nessi spätestens nach diesem Eintrag hätte klar werden können, dass sie lesbisch war, brauchte es doch noch mehr Zeit, bis ihr diese Erkenntnis kam. Sie war einfach überzeugt davon, dass es bloß Neugierde war, dass sie es mit einem Mädchen einfach mal ausprobieren musste und die Neugierde dann verschwinden würde.
Wir sind uns heute sicher, dass das jeweils ein Schutzmechanismus war. Man hat tief in sich drin schon eine genaue Ahnung, was das bedeuten könnte, will sich das aber nicht eingestehen und verschließt die Ohren vor dieser inneren Stimme. Denn bis zu diesem Zeitpunkt gingen wir beide davon aus, dass wir Mädchen einfach nur schön fanden und irgendwann der Mann fürs Leben um die Ecke kommen würde. Und genau diese Erwartungen hatten ja auch alle anderen Menschen um uns herum.

Der Schutzmechanismus begleitete uns noch eine ganze Weile und war intensiv ausgeprägt. Vanessa redete zum Beispiel anfangs Ina vor ihren Freund*innen schlecht. Sie wollte im Freundeskreis um das Thema einen möglichst großen Bogen machen – damit niemand Verdacht schöpfen würde und Nessi sich nicht damit auseinandersetzen müsste. Wir gingen beide nicht einfach nur zusammen feiern, wir küssten uns dort auch regelmäßig – anfangs aber nur im betrunkenen Zustand. Das haben wir einfach als normal für uns abgetan. Wir waren uns sehr lange nicht über unsere Gefühle und sexuelle Orientierung im Klaren – oder wollten die Gedanken daran nicht zulassen. Ein richtiger innerer Kampf, das könnt ihr euch vermutlich vorstellen ... Vielleicht erkennt sich ja jemand auch darin wieder, lernt aus unseren Fehlern und verschwendet so selbst weniger Kraft in diesen Kampf. Wir verbrachten sehr viel Zeit miteinander und wenn wir uns mal nicht sahen, vermissten wir uns arg. Hatte eine von uns eine Verabredung mit jemand anderem, wurden wir jeweils eifersüchtig. Das sind doch alles ziemlich klare Zeichen dafür, dass wir uns in kurzer Zeit total ineinander verliebt hatten, richtig ...?

Ina sprach mit Vanessa anfangs auch über das Thema Jungs. Wen sie kennengelernt hatte, für wen sie schwärmte usw. Deswegen ging Vanessa etwas enttäuscht davon aus, dass ihre eigenen Gefühle Ina gegenüber in keiner Weise erwidert würden. Nessi wurde sich immer klarer über ihre Schwärmerei zu Ina, deswegen stellte sie sich der Aufgabe, ein für alle Mal herauszufinden, ob sie wirklich auf Frauen stand oder ob Ina nur eine Ausnahme war. Nach einem Besuch in einem Berliner LGBTQ*-Club mit ihrer bisexuellen Freundin traf sie dann die Erkenntnis: Sie wollte niemanden kennenlernen und es auch mit niemandem ausprobieren – außer mit Ina! Doch die Angst davor, sie und die Freundschaft zu ihr zu verlieren, brachte sie dazu, sich ein halbes Jahr lang, das sich anfühlte wie die absolute Ewigkeit, zurückzuhalten, sich nicht zu offenbaren und mit ihrem Liebeskummer zu leben. Ina kam auch deswegen nicht auf die Idee, dass Nessi intensive Gefühle für sie haben könnte, weil sie von Selbstzweifeln geplagt wurde und Angst vor einer Ablehnung hatte. Sie schwärmte zwar heimlich ebenso sehr für Nessi, hatte aber das Gefühl, dass diese unerreichbar für sie war. In ihrem Kopf und Herz war einfach ein riesiges Durcheinander.

Nach einem kleinen Streit hatten wir zwei Wochen lang keinen Kontakt. Aber in dieser Zeit wurde uns beiden bewusst, wie ernst uns die Sache mit uns war, wie stark unsere Gefühle füreinander waren. Wir verabredeten uns also wieder zum Feiern und küssten uns an dem Abend. Doch dieser Kuss war anders als alle anderen zuvor. Es war kein Partykuss, sondern einer voller Gefühl! Und als Ina ein paar Tage später fragte: »Ja, was ist das denn jetzt eigentlich mit uns? Sind wir zusammen?«, antwortete Nessi: »Ja, ich denke schon.« Und so war es dann auch.

Ein ganzes Jahr lang waren wir heimlich zusammen, bevor wir uns nach und nach den Menschen in unserem Umfeld anvertrauten. Bevor man vor anderen Menschen ein Coming-out hat, muss man sich erst einmal selbst über seine Homosexualität klar werden. Und das war wiederum ein Prozess – vor allem bei Ina. Es erschien ihr lange Zeit immer noch falsch, in das gleiche Geschlecht verliebt zu sein, und ein Großteil von ihr wollte immer noch den Erwartungen und gesellschaftlichen Ansprüchen gerecht werden. Doch dann war es irgendwann so weit: Wir nahmen allen Mut zusammen, bekräftigten uns gegenseitig und schrieben unsere Eltern auf WhatsApp an, um offenzulegen, dass wir jetzt in einer Beziehung mit einer Frau sind. Meist fielen die Reaktionen in der Familie sehr positiv aus, nur bei Inas Schwester war die Geschichte etwas holpriger. Trotzdem fühlte es sich für uns beide an, als würde ein riesiger Stein uns vom Herzen fallen – das könnt ihr euch gar nicht vorstellen! Nach und nach folgten dann die Freund*innen, und die letzte Hürde nahmen wir am 1. September 2018: Wir eröffneten einen Instagram-Account und teilten mit der ganzen Welt ein gemeinsames Foto von uns beiden. Das war der Startschuss einer sooo schönen Sache. Dass uns mal so viele Menschen dort folgen und wir eine richtig liebe Community aufbauen würden, hätten wir damals nicht gedacht.

Wir zogen zusammen, verbrachten unseren Alltag zusammen, erlebten wunderschöne Sachen und sprachen das erste Mal im Jahr 2019 über so etwas wie eine gemeinsame Zukunft. Wir hatten beide die gleichen Wünsche: Wir wollten heiraten, irgendwann zwei Kinder haben und in einem schönen Haus mit Hund und Katze leben. Nach knapp drei Jahren Beziehung folgte der nächste große Schritt: Am 15. Juni 2019 machten wir uns gegenseitig einen Antrag. Dank der Organisation von Nessis Schwester wussten wir beide nicht, dass die jeweils andere das Gleiche geplant hatte! Ab diesem Moment zierte also ein Verlobungsring unsere Hände. Die nächsten Monate verbrachten wir mit der Organisation unserer Hochzeit, aber aufgrund der Coronapandemie war das ein ständiges Auf und Ab. Aber wir ließen nicht ab, denn unser großer Traum rückte in greifbare Nähe …

MIT *Mut*
FANGEN DIE
schönsten
GESCHICHTEN
an.

JETZT MAL KLARTEXT:

LGBTQ* IN DER ÖFFENTLICHKEIT

Fußballstadien erstrahlen in Regenbogenfarben, um Zeichen zu setzen, in der Sprache wird immer häufiger auf geschlechtsübergreifende bzw. geschlechtsneutrale Formulierungen geachtet, sogar im Personalausweis kann man statt eindeutig »männlich« oder »weiblich« als Geschlechtszugehörigkeit »divers« angeben, was mit einem X gekennzeichnet wird, Gesetze wurden geändert und angepasst, wie zum Beispiel die »Ehe für alle« im Jahr 2017. Es besteht kein Zweifel daran, dass in den letzten Jahren die LGBTQ*-Community deutlich mehr ins Bewusstsein der Bevölkerung und der Politik gerückt ist. Auch Prominente wagen immer öfter ein öffentliches Coming-out, wie zum Beispiel Anfang 2021 im Magazin der *Süddeutschen Zeitung*, in dem 185 deutsche Schauspieler*innen unter dem Hashtag #actout mit einem Manifest für mehr Sichtbarkeit gesorgt haben. Sie wollten nicht länger ihre sexuelle Identität verheimlichen müssen, was leider auch in dieser Branche noch viel zu oft nötig war, um die eigene Karriere nicht zu gefährden. Die Kampagne wurde später mit dem Deutschen Schauspielpreis 2021 ausgezeichnet.

LEIDER GEHÖRT ES IMMER NOCH ZUM ALLTAG, DASS MENSCHEN WEGEN IHRER SEXUELLEN ORIENTIERUNG ENTWEDER KÖRPERLICH ODER SEELISCH ANGEGRIFFEN WERDEN. LAUT EINER STATISTIK DES BUNDESINNENMINISTERIUMS GAB ES ZUM BEISPIEL 2020 IM VERGLEICH ZUM VORJAHR BEI DEN STRAFTATEN, DIE SICH GEGEN DIE SEXUELLE ORIENTIERUNG BZW. DAS GESCHLECHT/DIE SEXUELLE IDENTITÄT VON MENSCHEN RICHTEN, EINEN ANSTIEG VON 36 PROZENT.

AM 1. JANUAR 2022 HAT DIE WELTGESUNDHEITSORGANISATION EINE NEUE, ÜBERARBEITETE *INTERNATIONALE STATISTISCHE KLASSIFIKATION DER KRANKHEITEN UND VERWANDTER GESUNDHEITSPROBLEME* HERAUSGEGEBEN. DARIN STEHT UNTER ANDEREM, DASS TRANSSEXUALITÄT NUN NICHT MEHR ALS PSYCHISCHE ERKRANKUNG BZW. VERHALTENSSTÖRUNG BEZEICHNET WIRD, SONDERN ALS »SEXUELLER GESUNDHEITSZUSTAND«.

GESETZ ZUM SCHUTZ VON KINDERN MIT VARIANTEN DER GESCHLECHTSENTWICKLUNG

WERDEN KINDER MIT UNEINDEUTIGEN GESCHLECHTSMERKMALEN GEBOREN, IST ES SEIT MAI 2021 PER GESETZ (§ 1631E, BGB) VERBOTEN, IN IHRE ENTWICKLUNG MITTELS OPERATIONEN EINZUGREIFEN, UM EINE EINDEUTIGE GESCHLECHTERZUORDNUNG ZU ERMÖGLICHEN. DIES SOLL MÖGLICHST ERST MIT EINER SELBSTBESTIMMTEN ENTSCHEIDUNG DES KINDES ERFOLGEN – ES SEI DENN, ES BESTEHT GROSSE GEFAHR FÜR DESSEN LEBEN. NUR DANN KÖNNEN ELTERN UND ÄRZT*INNEN BEREITS FRÜHER FÜR DAS KIND EINE ENTSCHEIDUNG TREFFEN.

VERBOT VON KONVERSIONSTHERAPIEN

Im Juni 2020 wurde in Deutschland das »Gesetz zum Schutz vor Konversionsbehandlungen« erlassen. Darunter versteht man medizinisch begründete Behandlungen wie Psychotherapien, die dazu dienen sollen, »die sexuelle Orientierung oder die selbstempfundene geschlechtliche Identität einer Person gezielt zu verändern oder zu unterdrücken«. Für Betroffene war eine solche Behandlung meist mit großem Leid und ständigem Zwiespalt zwischen den eigenen Gefühlen und den Erwartungen anderer verbunden. Einige von ihnen ließen Eingriffe auch durch externen Druck vornehmen. Zum Glück verbieten inzwischen zahlreiche Länder diese »Behandlung«, wie Kanada, Israel, Argentinien, Brasilien, Chile, Ecuador, Uruguay, Frankreich, Neuseeland und neuerdings eben auch Deutschland.

ÜBRIGENS

LGBTQ* ist ein Akronym, das aus dem Englischen kommt. Die Buchstaben stehen für »Lesbian, Gay, Bisexual, Transgender«, also für Lesben, Schwule, Bisexuelle und Transgender. Um die Abkürzung gab und gibt es allerdings Diskussionen, weil sich manche Personen innerhalb der Community nicht ausreichend vertreten fühlen oder sich nicht dazu zählen wollen. Man liest und hört meistens Kürzel wie LGBTQ* (Q = Queer: nicht festgelegt) oder LGBTIA* (I = Intersex: intergeschlechtlich; A = asexuell). Um die Gesamtheit aller sexuellen Orientierungen und Geschlechtsidentitäten miteinzubeziehen, nutzen wir in diesem Buch das Sternchen hinter der Abkürzung.

WIR SIND VERHEIRATET!

»WIR SIND VANESSA UND INA UND WIR SIND VERHEIRATET« – *Ihr könnt euch nicht vorstellen, wie lange wir darauf gewartet hatten, diesen Satz herauszuschreien. Endlich nicht mehr nur verlobt zu sein … Wir hatten seit Monaten an nichts anderes mehr denken können. Und jetzt war der Tag endlich gekommen! Ein Tag voller Vorfreude, Tränen, Liebe und Familie. Dieser eine Tag, auf den wir beide so lange gewartet hatten. Konnte uns bitte kurz jemand kneifen?*

Aber fangen wir von vorn an … oder wo waren wir noch mal stehen geblieben? Ah, genau, bei unserer RIESIGEN Vorfreude! Was sollten wir bloß anziehen? Wo würden wir heiraten? Würden auch tatsächlich alle geladenen Gäste kommen? Würden wir trotz Pandemie heiraten können? Wird sie überhaupt Ja sagen? – All diese Gedanken schwirrten kontinuierlich in meinem Kopf herum und ich bekam sie nicht sortiert. Als kleines Mädchen hatte ich schon immer von meiner Traumhochzeit geträumt: so eine richtige »Ich reite auf dem weißen Pferd an und heirate in einem Schloss«-Hochzeit. Also riefen Bubu und ich erst mal bei vielen Brautmodengeschäften an und entschieden uns dann für eins. Das Team war dort superlieb, aber man *muss leider auch heute immer noch vorsichtig anfragen, ob sie denn auch uns begleiten würden. Viele Unternehmen weigern sich immer noch, LGBTQ*-Hochzeiten auszurichten. Aber nachdem unsere Zweifel von deren Seite vollständig ausgeräumt worden waren, machten wir unseren ersten Termin für die Anprobe der Brautkleider aus. Wir wussten schon vorher, dass wir uns jeweils zwei Kleider holen wollten: eins fürs Standesamt und eins für die große Hochzeitsfeier.*

Wir gingen also an diesem Tag zur Anprobe. Und ich kann euch verraten: Man bricht tatsächlich einfach in Tränen aus! Diese ganzen schönen weißen Kleider, die Schleier, die Schuhe … es ist der reine Traum. Wir wollten gefühlt alle Kleider anprobieren. Und obwohl wir uns (natürlich!) schon viele Inspirationen auf Pinterest geholt hatten, geriet das alles total in den Hintergrund: Ein Kleid war einfach schöner als das andere. Sollte es lieber eng sein oder weit? Sollte es mit Tüll oder vielleicht auch mit etwas Spitze sein? Beim Betreten des Ladens war der Kopf irgendwie leer. Als würde die Türschwelle alles ausradieren. Wir sahen nur noch Weiß und waren völlig überfordert. Aber glücklich überfordert. Die Mitarbeiterinnen dort suchten mit uns gemeinsam ein paar Kleider aus, die wir dann nach und nach anprobieren durften. Und glaubt mir, wenn ihr DAS Kleid anhabt, werdet ihr es merken! So war es auch bei uns. Wir wussten es einfach. Das Kleid fürs Standesamt haben wir zusammen mit einer unserer sehr guten Freundinnen ausgesucht (das andere würden wir später getrennt aussuchen, aber dazu später mehr) und es war einer der schönsten Tage unseres Lebens. Wusstet ihr übrigens, dass man sich sein Kleid bis zu einem Jahr vorher aussuchen sollte? Ja, denn nur so hat der Laden ausreichend Zeit, um es zu bestellen und danach noch anzupassen! Wir dachten uns nur so: »Was ist, wenn wir zunehmen?« So war es am Ende übrigens auch. Aber dazu (auch) später mehr …

Wir hatten also nun unser perfektes Standesamtskleid und waren überglücklich – es könnte nicht besser laufen, oder? Na ja. Wir hatten uns eigentlich vorgestellt, dass wir zum Standesamt unseren engsten Kreis würden einladen können: genau 20 Menschen. Aber das Problem kennen wir ja nun alle zur Genüge: Die laufende Pandemie hat uns 2021 zu schaffen gemacht – und anderen Brautpaaren auch. Ihr könnt euch vorstellen, wie wir regelmäßig nach den aktuellen Regelungen googelten und uns über jede einzelne Person freuten, die zusätzlich ins Standesamt kommen durfte. Aber es gab auch Tage, da hätten wir am liebsten alles abgesagt, weil wir eh nur allein hätten heiraten dürfen. Das war wirklich nicht einfach. Alles hing in der Schwebe. Würden wir heiraten dürfen? Wer würde mitkommen dürfen? Und wen würden wir dann ausladen? Vor zwei Jahren hätten wir nicht ansatzweise gedacht, dass das ein Problem werden würde. Aber gut, wir mussten jetzt eine Lösung für dieses Problem finden und versuchten, möglichst wenige Menschen einzuladen … Wir schrieben unsere zwei Einladungslisten: für das Standesamt und für die große Hochzeitsfeier. Ihr wisst gar nicht, wie schwer so eine Entscheidung sein kann, wenn man die Gästeanzahl so begrenzen muss! Sollten wir doch die nächsten Jahre abwarten, bis sich alles ein wenig normalisiert hätte? Oder sollten wir doch jetzt mit einer begrenzten Personenzahl heiraten? Wir wollten es einfach nicht verschieben – einerseits hatten wir schon unser Kleid fürs Standesamt und andererseits fühlte sich 2021 einfach wie das perfekte Jahr für uns an.

Also haben wir erst mal damit geplant: Wir beschränkten die Liste fürs Standesamt auf 15 Personen und für die große Feier auf 50. Wir rechneten erst gar nicht nach, wie viele es ohne Pandemie eigentlich gewesen wären – zu deprimierend. Aber sicher irgendwas zwischen 70 und 80.

Wie gesagt, das Kleid fürs Standesamt hatten wir zusammen ausgesucht, wollten aber das andere Kleid getrennt voneinander kaufen.

Damit wir uns gegenseitig bis zum Hochzeitstag überraschen konnten. Wir gaben uns aber ein paar Hinweise in der Zwischenzeit, ohne zu viel zu verraten. Ich kann mich nur zu gut daran erinnern, dass ich Ina elendig oft gefragt habe, wie wohl ihr Hochzeitskleid aussehe. Sie hat aber immer nur geantwortet: »Es passt perfekt zu mir und es sieht sooo schön aus!« Tolle Antwort, echt. Natürlich war ich mir sicher, dass wir niemals das gleiche Kleid tragen würden, aber trotzdem war ich unfassbar neugierig. Und das wurde auch nicht besser, als dann ein Monat vor unserem großen Tag die zwei Kleider in ihren Kleidersäcken in unserem Zimmer hingen! Das fühlte sich an wie Weihnachten: Am liebsten wäre ich nachts heimlich ins Zimmer gegangen und hätte in den Kleidersack geschaut. Ob Ina das wohl heimlich gemacht hatte? Ich habe sie nie danach gefragt 😁.

Aber spulen wir noch einmal kurz zurück zum 5. Juni 2021, da sollten wir das erste Mal »Ja, ich will« zueinander sagen. Ob wir wohl aufgeregt waren? Die Antwort auf diese Frage könnt ihr euch wahrscheinlich denken …

Ina

FREITAG, 04.06.2021

Am nächsten Tag sollte es also schon so weit sein? Wir würden heiraten! Ich konnte mir nicht vorstellen, dass es schon so weit sein sollte, dass der große Tag schon gekommen war, und konnte mir vor allem nicht vorstellen, wie ich an diesem Abend einschlafen sollte.

VANESSA *Ich auch nicht 😁! Ich hatte schon geahnt, dass ich maximal zwei Stunden schlafen würde und bin soo froh, dass wir nicht in getrennten Zimmern geschlafen haben!*

Mein Herz schlug mir schon den ganzen Tag bis hoch in den Hals, als wollte es mir aus der Brust springen. Es konnte doch eigentlich nicht wahr sein, dass morgen auf dem Papier stehen würde: »für die Ewigkeit«. Mir schwirrten die Gedanken wie wild durch den Kopf: Hatten wir auch alles beisammen? Was, wenn etwas fehlte? Würde mir mein Kleid auch wirklich so richtig gut passen oder hätte ich es sicherheitshalber noch einmal anprobieren sollen? Würden alle Gäste das Standesamt finden? Würden wir schönes Wetter haben? Würde es eine Panne geben?
Den ganzen Tag schoss mir eine Frage nach der anderen durch den Kopf. Und es hörte auch die ganze Nacht nicht auf. Natürlich. Eins kann ich euch verraten: Wenn ihr jemals vor einer Arbeit oder Klausur doll aufgeregt wart, dann nehmt das Level ungefähr mal 1000, aber dann habt ihr immer noch nicht ansatzweise ein Gefühl von meiner Aufregung. Es war unbeschreiblich. Aber irgendwann inmitten des ganzen Gedankenkarussells fielen mir dann doch die Augen noch zu. Ich war froh, dass wir uns dafür entschieden hatten, die Nacht gemeinsam zu verbringen, auch wenn wir erst überlegt hatten, getrennt zu schlafen. Aber warum hätten wir denn eigentlich plötzlich etwas anders machen sollen als sonst? Ich war froh drum, sonst hätte ich sicherlich kein Auge zugetan und Nessi hätte bestimmt nachts angerufen oder wäre zu mir gekommen.

Tja, Bubu, du weißt doch, ich bin immer für dich da 😁❤️!

Eigentlich war der Plan so gedacht gewesen, dass wir schön hätten ausschlafen können, aber daraus wurde nichts: Wir wachten beide tatsächlich um 5:00 Uhr morgens auf und konnten nicht wieder einschlafen. Ich glaube ja fast, dass Nessi wollte, dass ich wach werde.
Aber es war auch nicht schwer, so wirklich tief hatte ich auch nicht geschlafen.

Das stimmt überhaupt nicht 😁! Du warst auch schon wach!

SAMSTAG, 05.06.2021

Da war er also, der 5. Juni – ein Datum, das für uns auf ewig Bedeutung haben würde, komme, was wolle. Plötzlich war er da. Wir konnten nicht mehr einschlafen und schalteten den Fernseher ein, schauten eine Serie auf Netflix und blieben noch eine ganze Weile im Bett liegen. Das ist tatsächlich etwas, das wir nie oder echt nur superselten machen, stattdessen stehen wir meist kurz nach dem Aufwachen oder dem Wecker auf. Aber schon deswegen hatte der Tag etwas ganz Besonderes. Aber während wir da so lagen, kam er, der erste Schock. Wir hatten etwas vergessen! Das ALTE, NEUE, GEBORGTE und BLAUE! Was sollten wir da nun nehmen? Wir hatten dem Brauch folgen wollen, aber keine Sekunde daran gedacht. HILFE! Etwas Neues: Okay, das kriegen wir hin – wir haben schließlich unsere neuen Kleider.

Aber das war erst einer von vier Punkten! Also entschieden wir uns kurzerhand, unsere Sorgen und Ängste mit euch, unserer Community auf Instagram, zu teilen. Wir brauchten dringend Unterstützung, aber auch ein wenig Ablenkung und gingen daher auf Instagram live. Wir hatten darüber vorher schon mal nachgedacht, dass wir am Hochzeitstag ein Live machen würde, wussten zu der Zeit aber noch nicht, dass wir eure Hilfe brauchen würden … Da habt ihr dann aber so zahlreiche Vorschläge gemacht, dass wir nach kurzer Zeit alles beisammenhatten und wussten: Jetzt würden wir heiraten können. Nessi trug ein Strumpfband mit blauer Schleife, ihr Neues war das Kleid, das Alte ein Armband ihrer Oma und geliehen gab es ein Schmuckstück meiner Oma. Ich wurde aber auch gerettet: Ich bekam ein Strumpfband von Nessis Mama geliehen (ähm … es war sooo unbequem und warm, dass ich froh war, dass es nur ausgeliehen war 😁), das Kleid war das Neue, das Blaue hatte ich im Kleid (eine kleine Schleife, die ich entdeckte) und etwas Altes (meinen Verlobungsring) haben wir für mich auch noch gefunden.

Obwohl der Tag so früh für uns gestartet war, rannte uns die Zeit davon.

Diese wenigen, aber doch einprägsamen Ereignisse hatte die Zeit rasen lassen und es war nun bereits 10:00 oder 11:00 Uhr. Und um 13:00 Uhr sollten wir fertig vor dem Standesamt stehen? (Ich hatte nur immer im Kopf, dass die Standesbeamtin uns gesagt hatte: »Kommt lieber ein paar Minuten früher …« Oh, oh!)

Der Lockenstab lief heiß, die Schminke wurde aufgetragen und dann war fliegender Wechsel angesagt: So hatten wir es vorgesehen, also alles entspannt und eigentlich mit genügend Zeitpuffer. So kam es dann natürlich nicht … Meine Cousine Luise half uns bei den Haaren und frisierte sie und sprühte uns ein. Nessis Haare und meine Schminke saßen.

Ich hatte übrigens noch nie so schöne Haare in meinem Leben! Das wollte ich kurz mal angemerkt haben 😁.

Da klingelte es auch schon an der Tür: Nessis Großeltern waren da, um uns abzuholen! Wir waren aber weder angezogen noch richtig fertig – wie sollten wir losgehen? So? Wirklich?! Na gut, geht ja nicht anders, sonst kommen wir zu spät. Nessis Oma bot ihre Hilfe an und half erst einmal Nessi im Ankleidezimmer ins Kleid. Währenddessen war Luise noch mit meinen Haaren beschäftigt, hatte aber für sich selbst auch noch keine Zeit gehabt. So weit, so (nicht sooo) gut ...

Es klingelte erneut: die Fotografin. Sie half nun mir dabei, das Kleid anzuziehen und den Schmuck umzuhängen, bevor ich einen letzten Blick in den Spiegel warf. Alles saß. Puh. Mir fehlte nur noch die Tasche und ich war bereit. Jetzt würde ich so weit sein. Ich würde mit meinen hohen Schuhen (wie lange war ich bitte nicht mehr auf welchen gelaufen?!) zu meiner Hochzeit gehen ... Ich merkte, wie sich Tränen anbahnten, aber zwang mich, sie einzudämmen. Das Make-up war schließlich so schön geworden! Ich wollte hier nicht schon die ersten Tränen vergießen. Also atmete ich tief ein und aus und noch mal ein und aus und hörte jemanden nach mir rufen.

Unten konnte ich dann zum 1000ten Mal nicht glauben, dass es nun wirklich passieren würde. Da war sie wieder, diese Unsicherheit: Was, wenn sie nein sagte? Aber wieso sollte das passieren? Wie würde es dann weitergehen? Was, wenn ich keinen Ton herausbekommen würde? Sie würde schon nicht Nein sagen! Also wieder tief ein- und ausatmen. Ich sah Nessis Opa mit offenen Armen auf mich zulaufen. Das Auto war dekoriert und ein riesiges Blumengesteck zierte die Motorhaube (an dieser Stelle noch einmal ein RIESENGROSSES DANKE an dich, lieber Olaf. Du hast es so wunderschön gemacht!). Sein freundliches Lachen wärmte mir das Herz und ich musste schon wieder meine Tränen eindämmen, weil ich einfach so glücklich war, auch ein Teil dieser tollen Familie zu sein. Da standen sie: Nessi, ihre Oma und ihr Opa – JETZT NICHT WEINEN!!! Ich schaffte es und wir stiegen ein. Nessi ist fünf Minuten vorher schon runtergegangen und ich musste noch einmal tief durchatmen. Obwohl wir den Vormittag zusammen verbracht und unsere Standesamtskleider gemeinsam gekauft hatten, war es so atemberaubend, Nessi darin so zu sehen. Ich konnte nicht fassen, dass dieser Tag SO werden würde. Ich war wirklich überwältigt ... und ich sprudelte nur so über vor Aufregung, Glück und Freude.

Neben mir saß meine wunderschöne Braut und ich war völlig überwältigt. In wenigen Minuten würden wir ankommen, unsere Gäste würden dort auf uns warten. Ich war froh, dass wir als Letzte ankommen würden. Die anderen würden uns erst im Standesamt zu sehen bekommen. Wäre es anders gewesen, wären sicherlich schon vor der Trauung große Kullertränen geflossen.
Im Auto fassten wir uns an den Händen. Ich war so furchtbar aufgeregt, dass mir mein Herz jede Sekunde aus dem Kleid zu springen drohte. Nessi und ich flüsterten uns immer wieder zu, dass wir nicht weinen sollten. Ich merkte, dass sie genauso wahnsinnig aufgeregt war wie ich, und versuchte, sie irgendwie zu beruhigen. Aber warum war sie eigentlich da, diese Aufregung? Es würden doch nur unsere Familie und eine Standesbeamtin vor Ort sein – also unsere engsten Vertrauten, die uns eigentlich bereits in allen Lebenslagen kennengelernt hatten. Also w-o-v-o-r hatten wir so eine Angst? Gute Frage, nächste Frage. Abstellen ließ es sich auf jeden Fall nicht.
Das Auto hielt. Wir waren angekommen. Beim Aussteigen lächelte uns das nächste freundliche Gesicht an: unsere Standesbeamtin Frau J. Eine wahre Sonne, die im Vorfeld für alle unsere Fragen offen gewesen war.

Weißt du noch, wie sie uns angeschaut hat? Ganz überrascht. Ich glaube, sie hatte gedacht, dass wir ganz entspannt in Alltagsklamotten zum Standesamt kommen würden. Und dann waren wir da in zwei total schönen Kleidern und einem geilen Styling!

Dennoch ließ die nächste Aufregung nicht lange auf sich warten: Zwei Gäste fehlten, dabei waren sie eigentlich schon da gewesen, meine Cousine Luise und ihr Freund … Sie hatten sich nach unserer Vorbereitung frisch machen wollen, selbst frisieren, umziehen und los. Aber das Navi hatte sie an einen falschen Ort, ans falsche Standesamt gelotst. Nach einigen hektischen Telefonaten erreichten sie aber dann doch das richtige und wir vier gingen zusammen rein. Es konnte losgehen. Frau J. bat uns in einen Vorraum, in dem wir einen Moment zur Ruhe kommen sollten und aus dem wir danach abgeholt werden würden. Ich wusste es da schon genau: Es würden irrsinnig viele Tränen fließen. Wir hatten beide unsere Handys abgegeben, weil wir sie nicht mit reinnehmen durften, und saßen hier nun also: zu zweit, im Standesamt, wartend. Nach wenigen Minuten, die sich wie Stunden angefühlt hatten, holte uns Frau J. ab. Sie bat uns, einmal tief ein- und auszuatmen, bevor wir losliefen.

Wir hatten im Vorfeld nicht darüber gesprochen, dass eine ein wenig vorneweg laufen müsste, und standen daher etwas verloren vor der großen Flügeltür: Wer machte denn nun den ersten Schritt? Da mussten Nessi und ich lachen, was unsere Gäste hörten, die Ersten sahen uns sogar schon und mussten bei dem Anblick ebenfalls lachen. Irgendwie haben wir es dann aber doch hinbekommen und gingen an unseren Gästen vorbei nach vorn, wo zwei Stühle und ein Tisch standen, auf dem bereits Stift und Papier lagen.

Wer ging eigentlich vor 😁? Sind wir nicht gleichzeitig reingegangen!?

Jetzt ging es wirklich los! Hinter uns wurden bereits die Taschentücher rausgeholt. Das könnte zwei Gründe gehabt haben: das wirklich perfekte Wetter, ein heißer Sommertag, jedoch ohne Klimaanlage, also einen dementsprechend heißen Raum, aber andererseits weil bereits die ersten Tränen flossen. Nach einem kurzen Abriss unserer Geschichte war es so weit: Ich war am Zug. Ich sollte gleich »Ja!« sagen – das große Ja-Wort. Mir schoss durch den Kopf: Wieso wurde ich eigentlich zuerst gefragt? Ich sprach mir selbst Mut zu: »Hallo! Ina! Du musst jetzt was sagen. Nicht so viel nachdenken. Sprechen!« Ich schaffte es und ich brachte ein kleines Ja heraus. Unsere Familie lachte. Gleich war Nessi dran und auch von ihr kam nach wenigen Momenten ein Ja, ein leicht verweintes, richtig süßes Ja.

Dann ging es Schlag auf Schlag: die Unterschriften. Da ich Nessis Nachnamen annehmen würde, wurde ich aufgefordert, erst mit meinem Vor-, meinem Mädchen- und dann mit meinem neuen Nachnamen zu unterschreiben. Das klingt jetzt auf dem Papier vielleicht alles so leicht, aber es war, als würden nur lose Buchstaben durch meine Gedanken düsen. Ich nahm also den Stift in die Hand und alle geforderten Namen landeten mit etwas Anstrengung in der richtigen Reihenfolge auf dem Papier. Nessi hatte es leichter und setzte ihre übliche Unterschrift. Danach mussten wir beide lachen und durften uns endlich küssen. Die ganze Familie weinte. Wir sahen in glückliche Gesichter und da fiel er mit einem Schlag ab: dieser ganze Druck. Wie ein großer Klotz fiel er einfach ab. Jetzt konnte die Party losgehen – na ja, so oder so ähnlich. Es stand noch der Restaurantbesuch an und einige Überraschungen für uns, wie sich herausstellen sollte.

Draußen hatten unsere Freundinnen einen Tisch aufgebaut und meine Trauzeugin Anna hatte eine Hochzeitstorte gebacken!

Ich bin so traurig, dass ich vor Aufregung nur ein halbes Stück gegessen habe. Vielleicht sollten wir einfach noch mal eine backen lassen 😉?

Sie hat so ein Talent und hatte heimlich diese ganze Arbeit auf sich genommen (danke, Anuschka!). Es gab Sekt aus Bechern und die fabelhafte Hochzeitstorte, mit der wir gar nicht gerechnet hatten. Es wurden wahnsinnig viele Fotos gemacht. Eine weitere Überraschung war das Ausschneiden eines Herzens, das auf einem riesigen Laken aufgemalt worden war – und zwar mit einer Nagelschere! Das haben wir sogar tatsächlich geschafft, auch wenn wir uns zwischendurch darüber nicht so sicher waren. So ein Laken kann ganz schön riesig werden und so eine Nagelschere scheint bei so einer Aktion immer mehr zu schrumpfen. Wir lachten, weinten und wurden beglückwünscht. Wir waren überglücklich, von nun an hatten wir Eheringe, waren Ehefrau und Ehefrau! Es war schön, es hier noch einmal zu sehen: Die ganze Familie hält zusammen, alle unterstützen sich gegenseitig, immer. Wir nutzten die wenigen Minuten zum Durchschnaufen, während sich die Gäste auf den Weg zum Restaurant machten. Die Gruppenbilder waren bereits im Kasten, somit widmeten wir uns kurz nur uns beiden und ließen Bilder machen, die wir niemals vergessen werden – im strahlenden Sonnenschein am 5. Juni 2021.

Die Zeit im Restaurant verflog nur so und wir mussten uns langsam von der Familie verabschieden. Unser Tag war aber zum Glück noch nicht zu Ende, denn die aktuellen Regelungen erlaubten es uns, dass wir uns noch mit anderen würden treffen dürfen. Als wir erfahren hatten, dass es nun trotz Pandemie möglich sei, sich mit anderen Haushalten zu treffen, hatten wir wenige Tage vorher unsere Freunde gefragt, ob sie am Abend noch Zeit hätten. Wir wollten den Abend in gemütlicher Runde ausklingen lassen, wurden also nach Hause gefahren (der ganztägige Fahrservice von Familie und Freund*innen war schon cool, hihi), wo uns direkt die nächste Überraschung erwartete. Dafür müsst ihr wissen: Nur wir und Nessis Eltern haben einen Schlüssel zu unserer Wohnung (falls wir uns mal aussperren). Deswegen betraten wir ganz verwundert unsere Wohnung: Woher kam dieses Herzkonfetti auf dem gesamten Boden? Nessis Eltern hätten das ja nicht machen können, die waren den ganzen Tag mit uns zusammen gewesen ... Wir folgten dem Weg, den die Herzen bildeten, und fanden im Wohnzimmer vier mit Helium gefüllte Luftballons: zwei Figuren, die aussehen wie wir, und zwei Herzen. Wir waren so perplex, dass wir erst einmal Nessis Mama anriefen, die uns aufklärte, dass es unsere beiden Freundinnen gewesen waren und sie nur den Schlüssel beigesteuert hätten. Wir waren unfassbar gerührt. Darüber vergaßen wir dann auch völlig die Zeit und mussten erschrocken feststellen, dass es bereits 17:45 Uhr war, wir aber um 18:00 Uhr unten sein sollten ... Oh! Das war unmöglich zu schaffen. Wir trugen ja noch unsere Hochzeitskleider! So standen wir nun in unserer Wohnung: umgeben von Herzen und Ballons, Blumen und Glückwunschkarten, mit völlig müden Füßen und dem sehnlichen Wunsch nach einer Dusche. Gesagt, getan. Nach 25 Minuten waren wir dann doch fertig und unsere Freundinnen hatten nur ein klein wenig warten müssen ... So fuhren wir nun gemeinsam zur Location. Im Auto ließen wir laut Musik laufen, sprachen völlig überdreht über die letzten Stunden, die Heliumluftballons und freuten uns auf die gemeinsame

Zeit in den nächsten Stunden. Wir trafen uns in einem Club, der sich innen aufgrund der aktuellen Lage ein wenig verändert hatte: statt des normalen Clubambientes erwartete uns nun ein kleiner, aufgeschütteter Outdoor-Strand (vielleicht um die Abstände zwischen den Gästen besser zu gewährleisten? Uns war's egal, es war so oder so gemütlich). Wir hatten uns hier kennen- – besser noch – lieben gelernt.

Wie cool waren wir bitte drauf, dass wir MIT Hochzeitskleidern im Club waren 😎?

Daher hatten wir genau hierhin gewollt, es hatte etwas Symbolisches, nun als verheiratetes Paar erneut wieder hier zu sein. Unsere Freund*innen trudelten nach und nach ein und wir bekamen die liebsten Glückwünsche. Der Abend war schön, aber einige blöde Sprüche blieben trotzdem nicht aus, wie auf dem Weg zu Toilette. Dazu kurz zur Erklärung: Wir hatten beide nach dem Duschen wieder unsere Brautkleider angezogen, um so in den Club zu gehen, und fielen damit natürlich auf. Und obwohl ja klar war, dass wir zwei Bräute waren, die geheiratet hatten, bekamen wir trotzdem Dinge zu hören wie: »Wo ist denn der Bräutigam?« An sich eine harmlose Frage, aber die Reaktionen auf unsere Erklärung, dass die andere Person, die andere Braut, eben die eigene Partnerin sei, waren nicht immer schön. Dennoch ließen wir uns davon nicht den Abend vermiesen und verbrachten wirklich schöne gemeinsame Stunden zusammen. Gegen Mitternacht war er also auch um – unser Hochzeitstag. Aber halt. Stopp: Da fehlte ja noch etwas? Was war mit der großen anstehenden Feier, die die eigentliche Hochzeit sein sollte? Mit anderem Kleid und allem Pipapo? Ja, das ist tatsächlich eine sehr gute Frage, die wir aufgrund der pandemischen Lage an dem Abend noch lange nicht beantworten konnten.

Ich habe die Clubnächte sooo geliebt. Wenn Klein Bubu auf der Welt ist, gehen wir zum zweiten Hochzeitstag unbedingt wieder hin!

Das Standesamt war vorbei, die Aufregung etwas verflogen. Es war Juli 2021 und die große Hochzeitsfeier hing noch in der Schwebe. Momentan waren zehn Gäste erlaubt, also entschieden wir uns schweren Herzens, die Feier bei dieser Zahl an Gästen komplett zu verschieben.

Das war so schlimm ... Wir haben gefühlt jeden Tag nachgeschaut, ob sich zwischendurch was an den Kontaktbeschränkungen geändert hatte!

Ob wir sie überhaupt nachholen würden? Wahrscheinlich nicht. Innerlich haben wir die Hochzeit schon ein wenig zur Seite geschoben, weil wir uns nie so richtig nur hatten freuen können auf den Tag: Immer mussten wir um die Inzidenz bibbern und darum, überhaupt feiern zu können. Und Ihr kennt das ja sicher auch: Wenn man nicht weiß, ob etwas tatsächlich stattfinden kann, kann man sich nur begrenzt freuen. Aber was war denn mit denen, die nicht hatten dabei sein können? Wir wollten doch auch mit ihnen feiern? Und was war mit dem Geld, das wir bereits gezahlt hatten, würden wir das zurückerhalten? Sollten wir es überhaupt zurückverlangen? Diese Gedanken kreisten in unseren Köpfen herum. Und wie soooo viele andere wussten wir nicht, was sein wird. Wir hatten ursprünglich eine ganz kleine Feier beim Standesamt geplant, um anschließend am selben Tag noch eine große Feier mit allen Liebsten zusammen steigen zu lassen. Nun war aufgrund der Pandemiesituation alles anders: Wir hatten die großartige Möglichkeit gehabt, die Standesamtfeier wahr werden zu lassen, und hatten noch eine kleine Feier abends hinterhergeschoben. Aber der Knaller war: Wir konnten unsere gemietete Location für die riesige Party verschieben. Auf den 16. August 2021. Es war im Vorfeld ein ständiges Hin und Her mit vielen Unsicherheiten um den Tag gewesen. Sollten wir weiterplanen oder gleich alles absagen? Wir entschieden uns für Ersteres:

Wir planten weiter, wir ließen es darauf ankommen und wenn am Ende etwas fehlt, dann ist das eben so. Diese Entscheidung fiel uns nicht leicht und irgendwie waren wir immer noch hin- und hergerissen. Viele von euch können dieses Gefühl sicher nachempfinden, bei allen Sachen, egal was, immer diese riesige Ungewissheit, die an einem nagt.

Aber ich sag ja immer: Am Ende wird alles gut. Und wenn es nicht gut ist, dann ist es eben noch nicht das Ende 😊.

SONNTAG, 15.08.2021

Es ist abends. Ich liege im Bett. Mein Herz überschlägt sich vor Aufregung, auch weil mein Kopf gleichzeitig versucht, alle Eindrücke zu verarbeiten. Einige unserer Gäste sind bereits heute angekommen: weil sie teilweise von sehr weit angereist sind und weil es schön ist, den Vorabend schon mit den geladenen Gästen, Familie und Freund*innen zu verbringen. Mein Bauch knurrt und meine Füße schmerzen. Es ist mitten in der Nacht, ich bin vollkommen kaputt, aber bekomme dennoch kein Auge zu. Es fühlt sich an, als wären wir in einem Film oder in einer Serie. Es gibt eine märchenhafte Location, die aber auch ein wenig gruselig ist, alle haben ihr eigenes Zimmer und wenn man den Flur durchquert, knarzen die Holzdielen. Die Zimmerdecken sind unfassbar hoch, die Tapeten wunderbar altmodisch und der morgendliche Blick aus dem Fenster offenbart schon fast einen Schlossgarten. Morgen wird es also erneut so weit sein, diesmal aber mit allen Gästen. Alle werden uns erwartungsvoll anschauen, während wir den Weg bis hin zu unseren vorderen Plätzen entlangschreiten. Unsere Worte des Gelübdes werden über ein Mikrofon erklingen, sodass auch die Gäste in den letzten Reihen alles verstehen können.

Dieser Tag hat eine enorme Kraft: Die Vorfreude begann schon Wochen vorher – von der Organisation ganz zu schweigen. Vor allem herrschte bis zum Schluss diese Ungewissheit und wir wussten erst bei der Ankunft mit Sicherheit: Es kann wirklich stattfinden! Bald würde es so weit sein, das wussten wir beide. Wie schnell dieses »bald« aber da sein würde, war uns nicht bewusst gewesen. Und wie schnell drei Tage vorbeifliegen können, auch nicht. Wir hatten uns viele Pläne zurechtgelegt: Die Brautjungfern hatten Brettspiele eingepackt, für den Vorabend war ein ausgelassener Grillabend vorgesehen gewesen, den wir nun schon erfolgreich hinter uns gebracht hatten. Das war ein wahres Vorfest gewesen, aber die Nervosität war da schon angestiegen. Den Abend hatten wir damit verbracht, unseren etwas anderen Hochzeitstanz zu üben und zu quatschen. Zeit für geplante Spiele blieb dann doch nicht und auch die Gäste fingen bereits um 22:00 Uhr mit der Gähnerei an. Alt wurden wir da also alle nicht. Aber wir zwei sind glücklich, schon so viele vor Freude strahlende Gesichter gesehen zu haben. Die Brautjungfern waren fast vollständig mit uns hier, außer Inas Cousine Ise, die nicht hatte anreisen können: Das Covid-Virus hatte sie wirklich gemeinsam mit ihrem Freund erwischt, die Pandemie hatte also doch einen Strich durch unsere Rechnung gemacht. Ich hätte sie zu gern mit dabei gehabt, aber uns war ja allen klar: Die Gesundheit aller ging vor.

Da waren wir also in unserem Zimmer. Es war 23:04 Uhr. Über den Gang polterten noch einige Schritte. Ab und zu war ein vereinzeltes Lachen zu hören. Unsere Kleider hingen in ihren Säcken am Schrank. Wir waren vollkommen übermüdet und wollten nur noch schlafen, um Energie für den morgigen Tag zu sammeln. Aber doch war die Aufregung zu groß. Wir lagen noch Stunden lang wach und versuchten, mithilfe von Einschlafmusik zur Ruhe zu kommen – erfolglos.

MONTAG, 16.08.2021

Um 6:30 Uhr wälzten wir uns beide aus dem Bett. Und kurze Zeit später klopfte es schon an unserer Tür: Die ersten Gäste waren wach und wollten mit uns zusammen in den Tag starten.
Ein straffer Zeitplan lag nun vor uns:

Timetable:

09:00	Haare und Make-up Brautjungfer Sophie + Lea
09:45	Brautjungfer Anna und Laura
10:30	Ina + Brautjungfer Leony
11:14	Brautjungfer Steffi
11:45	Nessi + Brautjungfer Luise

Bubu und ich konnten es kaum erwarten. Wir verdrängten also einfach den wenigen Schlaf, sprangen unter die Dusche und liefen nach unten zu den anderen. Dennoch musste man uns die Müdigkeit angesehen haben, wir wurden zumindest von manchen darauf angesprochen. Heute würden wir heiraten: und zwar so richtig. Mit allem Drum und Dran. Wir beide, für immer.

Es war komisch und schön zugleich, immer im Mittelpunkt der Aufmerksamkeit zu stehen. Vielleicht kennt ihr ja den Satz: Zu einer Braut darf man nicht Nein sagen. Aber am Frühstückstisch bekamen wir kaum einen Bissen herunter. Im Schlossgarten – auch wenn es eigentlich kein richtiges Schloss ist, haben wir es immer so genannt – konnten wir bereits die ersten Vorbereitungen beobachten. Da standen schon die Stühle, mit dem Gang dazwischen, durch den wir nachher schreiten würden, um uns am Ende auf die zwei Stühle zu setzen, die dort auf uns warteten. Und wenige Minuten später würde die Trauung einfach schon wieder vorbei sein. Nachher?! Wieso ist die Zeit schon wieder so davongerannt?

Nessi und ich sind überglücklich und freuen uns riesig auf die heutige Hochzeit. Als mit uns alles angefangen hatte, hätten wir nicht einmal erahnen können, dass wir BEIDE eines Tages diesen Schritt gehen würden, zusammen. Hätte uns jemand vor zehn Jahren gefragt, wie unser Leben aussehen würde, wäre eine Beschreibung des heutigen Tages oder des jetzigen Lebens auf keinen Fall die Antwort gewesen. Und wieder kochen die Emotionen über – nicht zum ersten und nicht zum letzten Mal an diesem Tag – und meine Gedanken gehen auf Reisen: Ich muss an früher denken, daran, wie schwer es gewesen war und wie schmerzlich. Alle unsere Gäste, diese lieben Menschen, nicht nur hier bei uns zu haben, sondern sie auch glücklich zu wissen, glücklich darüber, dass wir heiraten, ist ein unbeschreibliches Gefühl.

Auf der Wiese stehen schon die großen Leuchtbuchstaben bereit: NESSI und ISA. Stopp! Was? »Isa«? Wer war Isa? Nessi, hast du mir da was nicht erzählt? Nein, daran lag's natürlich nicht. Es war einfach ein falscher Buchstabe geliefert worden und aus Ina war eine Isa geworden. Das war ein ziemlicher Schockmoment, weil die Buchstaben echt groß waren und es auf jeden Fall aufgefallen wäre, aber es hat sich zum Glück jemand aus der Hochzeitsgesellschaft erbarmt, ist noch einmal losgefahren und hat den Buchstaben ausgetauscht. Am Ende konnten es also wirklich alle sehen: NESSI UND INA.

Über uns schien die Sonne. Wir hatten große Sorge gehabt, dass das Wetter nicht mitspielen würde und Nessi checkte immer noch andauernd – wohl inzwischen zum tausendsten Mal in den letzten zwei Tagen – ihre Wetter-App. Da stand aber nach wie vor, dass es regnen würde ... Das wäre der absolute GAU, wir hatten schließlich alles für eine Hochzeit im Freien vorbereitet. Aber wir hielten an unserem Mantra fest: »Das Wetter wird schön bleiben«. Und so war es dann tatsächlich auch. Die Sonne schien und es fiel kein einziger Regentropfen vom Himmel. Nicht mehr lange und wir würden gleich loslaufen. Bei den vorherigen Proben hatten wir für die Musik die folgende Reihenfolge abgestimmt:

BRAUTJUNGFERN NACHEINANDER
NESSIS KLEINE SCHWESTER
INA + PAPA
NESSIS ANDERE KLEINE SCHWESTER
NESSI + PAPA + STIEFPAPA

In diesen vier Minuten und 18 Sekunden, die wir Zeit hatten, zu Robbie Williams' »She's the one« den doch recht langen Weg (vor allem in hohen

Schuhen!) die Treppe herunter und über die Wiese zu laufen, stieg die Aufregung ins Unermessliche. Ich hätte nicht gedacht, dass es da noch eine Steigerungsform geben könnte.

Hier war er: der Moment. Wir warteten oben im Bereich, wo das Büfett stand, darauf, dass der Song angespielt würde und wir – wie in der Generalprobe geplant – loslaufen könnten. Ich war froh, dass wir nicht den Anfang machen mussten, so blieb uns noch Zeit, um ein paarmal kräftig durchzuatmen. Vorne weg durften unsere Brautjungfern schreiten. Die Blicke richteten sich alle auf uns und mein Papa brachte mich zum Lachen, weil er mich fragte, ob meine hohen Schuhe überhaupt zu sehen seien und wenn nicht, wieso ich sie denn dann anhätte (um den Witz dahinter zu verstehen, muss man wissen, dass mein Papa blind ist). Ich war stolz und bin es noch immer, dass er mich den Weg über die Wiese geleitet hat, und sehe immer noch die vielen strahlenden Gesichter vor mir, über die die ersten Tränen kullerten. Mein Papa setzte sich und auch ich nahm Platz, um nun Nessi dabei zuzusehen, wie sie sich mit ihren beiden Papas bereitmachte. Sie liefen denselben Weg entlang. Sie hatte ihren Papa an der einen und ihren Stiefpapa an der anderen Seite. Bei mir angekommen, nahmen sie ebenfalls Platz.

Nessi setzte sich neben mich und dann ging es auch schon los. Oh … stimmt, es ging wirklich los. Es war bald Zeit für die Gelübde. Unsere Traurednerin hatte alles für uns vorbereitet, sie hatte sich im Vorfeld viel Zeit für uns genommen, um alles über unsere Geschichte zu erfahren, und würde uns nun durch die nächsten circa 60 Minuten leiten. Ich kann euch schon mal verraten: 60 Minuten voller Tränen. Mein ultimativer (vielleicht nicht ganz so geheimer) Tipp: Taschentücher, ihr braucht viiiele Taschentücher. Mein Kleid hatte sogar Taschen, aber da hatte ich nur einen Lippenstift und mein Handy drin verstaut. Die nächsten Minuten vergingen wie im Flug. Auch die Worte, die wir aneinander richteten, waren schnell gesprochen und dieser wunderbare

Moment war wieder vorbei. Wir schauten uns an und versuchten, uns gegenseitig immer wieder zu beruhigen, damit nicht allzu viele Tränen fließen müssten. Und kurze Zeit danach was der offizielle Teil, die emotionale Trauung, zu Ende. Wir konnten es nicht wirklich glauben, aber waren froh, als wir uns in die Arme fallen konnten. Auf unseren nächsten Programmpunkt hatten wir uns schon riesig gefreut: der Anschnitt der Torte. Klar, wir wussten, alle würden darauf achten, wessen Hand auf dem Messer oben läge. Es heißt ja, dass die Person, die die Hand oben hat, diejenige sei, die die »Hosen in der Beziehung« anhabe. Wir wussten das zunächst gar nicht und hatten es mal so und mal so: Nessis Hand beim Standesamt oben, Inas Hand bei der großen Feier. Witzig, oder?! Somit: mal die spaßige Seite der Gleichberechtigung.

Schon hatten wir unser erstes Stück der dreistöckigen Hochzeitstorte auf dem Teller. Die Verkostung der Sorten war gefühlt Ewigkeiten her und wir hatten uns damals für jede Etage geschmacklich anders entschieden, sodass (hoffentlich) für jeden etwas Leckeres dabei war. Unten gab es Schoki, in der Mitte Früchte wie Beeren etc. und oben Limette-Joghurt. Also liebe Gäste, falls ihr das hier lesen solltet: Wir hoffen, mindestens eine Etage hat euren Geschmack getroffen. Bubu und ich teilten uns ein Stück. Die Torte hatte, genau wie die Kleiderfarben unserer Brautjungfern, einen zarten regenbogenfarbenen Verlauf. Wir hatten uns vorher nicht genau festlegen wollen, ob es überall Regenbögen geben sollte, und hatten sie daher einfach an manchen Stellen auf symbolische Art leicht eingebunden.

Eins ist gewiss: Zeit rennt ohnehin schon, aber am Hochzeitstag flitzt sie nur so. Nach dem Anschnitt stand auch schon eine kleine Verschnaufpause bei Kaffee und Kuchen an und wir konnten uns von den tränenreichen letzten Stunden erholen. Aber auch das währte nicht lange, denn der nächsten Punkt ließ schon auf sich warten: Fotoooos! »Wenn nicht heute, wann dann?« – nach diesem Motto wollten wir mit jedem Gast mindestens ein Bild haben. Ein anstrengender Plan und wir haben es tatsächlich leider nicht ganz geschafft, wirklich mit jedem ein Bild zu bekommen, aber immerhin fast! Wir wollten diesen erinnerungswürdigen Tag einfach festhalten und hatten daher auch eine Person engagiert, die Videos erstellte. Vor allem die Videosequenzen waren wunderbar für später. Und ich freue mich jetzt schon so sehr darauf, wenn wir eines Tages unserem Kind Klein Bubu unsere Bilder und Videos von der Hochzeit zeigen können.

Aber jetzt erst einmal eine Würdigung des absolut magischsten Aspekts dieser Hochzeit, fernab von der ausgelassenen Stimmung und den strahlenden Gesichtern und herzlichen Worten der Gäste: das Wetter. Es fiel nicht ein Tropfen bis zum Gruppenfoto! Es hat wirklich erst genau dann zu regnen angefangen, als das Gruppenfoto im Kasten war. Ist das zu glauben?! Aber dann richtig. Keine zwei Minuten nachdem das Bild im Kasten war: heftiger Wolkenbruch und Starkregen. Das Wetter hatte mitgespielt, anders können wir es dennoch nicht sagen. Im Locationraum war bereits alles eingedeckt und stand bereit für den restlichen Abend, der dann drinnen verbracht wurde. Es gab ein Büfett. Und natürlich hatte jeder Gast noch einen speziellen Glückskeks auf seinem Teller, mit jeweils einer Aufgabe drin: Tanze mit der ältesten Person, mach ein Foto mit der Person links von dir, mache drei Personen auf der Feier ein Kompliment usw. Die Aufgaben haben nicht nur unheimlich gute Laune verbreitet, sie haben uns den Regen draußen völlig vergessen lassen. Ich hatte witzigerweise die Aufgabe bekommen, ein Foto mit der Braut zu machen. Die ließ sich also schnell erledigen (ich liebe die Fotos alle und habe eins auch auf meinem Nachttisch stehen). Nach dem Essen gab es noch einige Reden, während denen es viele Lacher, aber auch peinlich berührte Gesichter gab. Auch da mussten die Taschentücher wieder an die Arbeit. Vor allem wenn wir daran erinnert wurden, wie schwer es doch gewesen war, an diesen Punkt zu kommen, um an diesem Tag heiraten zu können. Unser Hochzeitstanz hat danach die Leute aber auch wieder aufgeheitert und wirklich unterhalten. Übrigens: Wir hatten uns vor dem Tanz umziehen müssen, weil wir unterschätzt hatten, wie schwer die Stoffmenge von unseren Hochzeitskleidern war. Wir hätten die Kleider wahnsinnig gern angelassen, sie beim Tanz und den ganzen Abend über getragen und eigentlich auch am liebsten die ganze Nacht oder gleich für immer (haha). Aber nachdem wir bereits den ganzen Tag darin gesteckt hatten, war es doch eine gute Idee gewesen, dass wir die Kleider vom Standesamt noch eingesteckt hatten und uns umziehen konnten. Das war dann doch gemütlicher und unbeschwerter, im wahrsten Sinne des Wortes.

Der restliche Abend war vor allem geprägt von der ausgelassenen Stimmung: Wir haben getanzt, wilde Fotos am Fotoautomaten gemacht und wurden zu guter Letzt auch noch mit einer Feuershow überrascht. Artistinnen legten einen unglaublichen Auftritt hin. Und gegen 2:00 Uhr nachts war die Party dann zu Ende – zumindest für uns, wir waren kaputt und müde, aber glücklich. Im Zimmer konnten wir noch die Musik aus den Boxen hören, auch ein schöner Moment, wenn man weiß, dass die Gäste einfach so viel Spaß haben, dass sie kein Ende finden. Aber ich glaube fast, dass ich in meinem ganzen Leben noch nie so erschöpft gewesen war wie in dieser Nacht. Da waren aber auch ganz schwer beschreibbare Gefühle im Spiel, die in mir aufgelodert waren und erst Wochen später wieder abflachten.

Nessi und ich saßen auf dem Fußboden im Zimmer, um uns herum lagen unsere Brautkleider. In der einen Ecke standen unsere Schuhe, das Haarspray, der Koffer, in der anderen Ecke lagen die restlichen Klamotten – es war das pure Chaos. Für einen Moment blieben wir einfach so sitzen und atmeten durch, genossen den Moment. Und puh, dann ging's an die Arbeit. Wisst ihr eigentlich, wie viele Haarklammern eine Hochsteckfrisur haben kann? Ich auch nicht, aber es waren viele, sehr viele. Ich wünschte, ich hätte gezählt, aber es hat bestimmt eine Stunde gedauert, sie alle rauszumachen. Das war's dann. Unsere Hochzeit. Jetzt war sie einfach vorbei.

DIENSTAG, 17.08.2021

Einige Gäste waren noch am Abend nach Hause gefahren, andere in der Nacht und wiederum andere blieben auch zum Schlafen in der Location. Es war schön, am nächsten Tag in die müden Gesichter der anderen zu sehen: eine wirklich gelungene Party. Nein, im Ernst, es war schön, noch einmal morgens zusammenzukommen und den Vortag Revue passieren zu lassen. Die Tische zierten noch einige Blumen und dort, wo gestern noch das Büfett gestanden hatte, standen nun frische Brötchen und unser Frühstück. Für mich gab es an diesem Tag aber zuerst einmal zwei große Tassen Kaffee, weil mir die Müdigkeit der letzten Tage so sehr in den Knochen saß. Dann hieß es nur noch »aufräumen und verabschieden« – die Feierlichkeiten waren zu Ende, die Tage rum. Wir hatten für den gestrigen Abend auch eine Candybar organisiert, davon waren einige Süßigkeiten übrig geblieben, die wir dann noch unter den letzten Gästen verteilten, und auch sonst konnten wir noch das ein oder andere mitnehmen. Vor allem über das Gästebuch sind wir immer noch froh. Tatsächlich hatten sich alle die Zeit für einen schönen Eintrag genommen und das Beste: Die Fotos aus dem Fotoautomaten waren zweifach ausgedruckt worden, sodass ein Exemplar direkt eingeklebt werden konnte. Das Buch schauen wir uns so gern an.

Gegen 12:00 Uhr mittags fuhren wir dann los, als Letzte. Es war komisch, die Gastgeber eines so großen Fests gewesen zu sein. Wann im Leben kommt es schließlich mal zu so einem Event, das man selbst ausrichtet?

Wir konnten es nicht mehr abwarten und wollten unbedingt endlich in die wunderschönen Geschenke schauen. Wir hatten einen Geschenketisch aufgestellt und darauf das ein oder andere schon aus der Ferne erspähen können. Aber wir wollten es natürlich genauer wissen und uns jedes Geschenk in Ruhe anschauen. Unsere Freundinnen hatten sich etwas ganz Besonderes einfallen lassen: eine Piñata mit Konfetti ... mit VIEL Konfetti. Das Konfetti war überall ... danke euch ... nicht. Auch sonst waren wir gerührt von den lieben Worten und aufmerksamen Geschenken. Eins stand für uns fest: Wenn wir mal auf eine Hochzeit eingeladen werden, wollen wir auch so kreative und inspirierende Geschenke geben. Das ist soooo schön!

SEI du selbst
DIE VERÄNDERUNG,
DIE DU DIR
WÜNSCHST FÜR
DIESE WELT.

Mahatma Gandhi

JETZT MAL KLARTEXT:

DIE SACHE MIT DER EHE

Klar – geheiratet wird im besten Fall aus Liebe. Doch sobald man offiziell eine Ehe beim Standesamt schließt, hat das auch rechtliche Folgen. Denn im Bürgerlichen Gesetzbuch BGB heißt es im § 1353: »Die Ehe wird von zwei Personen verschiedenen oder gleichen Geschlechts auf Lebenszeit geschlossen. Die Ehegatten sind einander zur ehelichen Lebensgemeinschaft verpflichtet; sie tragen füreinander Verantwortung.« Soll heißen, man kann jeweils von seinem*seiner Partner*in Treue, Achtung, Rücksicht, Beistand und häusliche Gemeinschaft verlangen oder erwarten. Auch gleichgeschlechtliche Paare haben in Deutschland seit dem 1. Oktober 2017 das Recht auf die Eheschließung bekommen (»Ehe für alle«).

Wenn man »richtig« verheiratet ist, macht das vieles einfacher, vor allem behördliche Aspekte wie die gemeinsame Steuererklärung, aber auch zum Beispiel die Adoption eines Kindes. (Man muss übrigens volljährig sein, um eine Ehe schließen zu können, außerdem darf der*die Partner*in nicht bereits verheiratet sein und es dürfen auch keine direkten Blutsverwandten geheiraten werden, wie Geschwister.)

Und dann ist ja da noch der Ehename, manche sagen auch Familienname: Man muss keinen gemeinsamen Nachnamen haben, sollte sich aber trotzdem für einen entscheiden, der für die Kinder später der Familienname werden soll. Ansonsten bleibt viel Spielraum: Jede*r behält den eigenen Namen, man entscheidet sich für einen gemeinsamen Namen und eine Person übernimmt den der anderen oder eine*r entscheidet sich für einen Doppelnamen, während die andere Person den einzelnen behält – nur ein gemeinsamer Doppelname geht nicht, das sieht das deutsche Recht (im Vergleich zu anderen Ländern wie Slowenien) nicht vor.

INSIDER-INFO

WARUM HAT INA NESSIS NACHNAMEN ANGENOMMEN?

Das ist eigentlich ganz leicht zu erklären: Inas Nachname wurde immer falsch ausgesprochen. Man musste ihn andauernd buchstabieren und wenn man mal bei Ärzt*innen saß und der Name aufgerufen wurde, war es fast immer so, dass er merkwürdig ausgesprochen wurde! Also meinte Ina, dass es jetzt damit mal genug sei 😁. Vom Klang selbst gefiel uns Inas Nachname zwar besser, aber Nessis ist einfach leichter in der alltäglichen Handhabung. Also ist er jetzt unser gemeinsamer Nachname.

UPDATE

SCHWEIZ ERLAUBT »EHE FÜR ALLE«

WIE IN VIELEN LÄNDERN IN WESTEUROPA GILT NUN AUCH IN DER SCHWEIZ SEIT DEM 1. JULI 2022 DIE EHE FÜR ALLE. DAS HEISST, GLEICHGESCHLECHTLICHE PAARE DÜRFEN HEIRATEN UND KINDER ADOPTIEREN. MEHR NOCH: LESBISCHE EHEPAARE DÜRFEN PER SAMENSPENDE EIN KIND BEKOMMEN UND GELTEN DANN BEIDE ALS RECHTLICHE ELTERNTEILE. DAS IST IN DEUTSCHLAND (NOCH) UNMÖGLICH. HIER MUSS DIE PARTNERIN, DIE NICHT DAS KIND AUSTRÄGT, ES ADOPTIEREN, UM AUCH RECHTLICH »MIT-MUTTER« ZU SEIN.

SUCH MAL!

F	U	A	O	U	T	I	N	G	Q
Q	S	D	F	A	M	I	L	I	E
F	G	F	A	D	G	D	G	T	F
D	R	D	F	Z	E	A	G	Q	D
A	R	F	R	E	U	N	D	E	S
D	U	L	G	B	T	Z	C	H	G
S	F	I	C	U	O	E	N	B	L
X	E	E	O	T	Y	P	P	L	N
S	A	B	E	V	R	T	C	H	S
A	X	E	T	E	L	A	Q	R	Z
F	S	E	T	T	P	N	H	Z	I
J	U	F	L	W	R	Z	C	S	D
F	F	S	B	U	Z	A	X	F	R
X	U	I	U	A	S	T	Z	I	R
A	T	U	N	J	F	K	O	U	S
D	I	V	E	R	S	I	T	Ä	T
D	E	A	T	Y	L	L	E	G	P

WAS BEDEUTET HOCHZEIT FÜR DICH?

H ERZENSMENSCH
F O REVER
S C HÖNSTER TAG
H OCHGEFÜHL
HER Z
E HE
L I EBE
T ORTE

UND JETZT DU!

.... H ....

.... O ....

.... C ....

.... H ....

.... Z ....

.... E ....

.... I ....

.... T ....

ALL ABOUT WEDDING

Nicht für alle ist das Heiraten wichtig. Es gibt durchaus Menschen, die nicht vorhaben, jemals zu heiraten. Und auch das ist völlig okay! Für uns als Paar war es schon immer ein Traum und Ziel, uns auf diese Art und Weise zu verbinden. Hier mal ein paar interessante Fakten rund ums Thema Hochzeit.

SOMETHING OLD, SOMETHING NEW, SOMETHING BORROWED AND SOMETHING BLUE

Als eine Art Glücksritual für eine gelungene Zukunft als Ehepaar haben sich teils jahrhundertealte Hochzeitsbräuche entwickelt, die den schönen Tag noch mehr aufwerten. Auch wir hatten ja etwas ALTES, NEUES, GELIEHENES und BLAUES. ALT steht für das vorherige Leben, NEU für das zukünftige als Ehepaar, GELIEHEN für die Freundschaft (man leiht sich zum Beispiel ein Armband von der besten Freundin) und BLAU für die Treue. Vielleicht hat eure Mama oder Oma noch ein Schmuckstück für euch, vielleicht sogar mit einer passenden Familiengeschichte? Fragt doch mal nach! Neu kann natürlich ganz einfach das Brautkleid sein oder auch die Schuhe. Und wie wäre es statt des Klassikers des blauen Strumpfbands vielleicht mit blauen Blumen im Brautstrauß, falls es farblich ins Gesamtbild passt?

HANDFASTING ODER BANDRITUAL

Das ist ein romantisches Ritual mit keltischen Wurzeln und wird auch Wikingerhochzeit genannt. Diese Tradition haben wir auch bei unserer Hochzeit durchgeführt. Bei einer freien Trauung werden im Rahmen der Zeremonie die Hände des Ehepaars mit einem Tuch oder Band fest zusammengeknotet – als Zeichen, dass man jetzt und für immer zusammengehören will. Sozusagen ein Knoten für die Ewigkeit.

HOCHZEITSTAGE

Vielleicht habt ihr schon mal davon gehört, dass es je nach Länge einer Ehe bestimmte Hochzeitstage gibt. Für »runde« Jubiläen gibt es extra Bezeichnungen. Am ersten Hochzeitstag feiern wir beide zum Beispiel die sogenannte »Papierhochzeit«. Wir freuen uns schon jetzt darauf, sie alle als Familie zu erleben.

5 JAHRE	HÖLZERNE HOCHZEIT
10 JAHRE	ROSENHOCHZEIT
15 JAHRE	KRISTALLHOCHZEIT
20 JAHRE	PORZELLANHOCHZEIT
25 JAHRE	SILBERHOCHZEIT
30 JAHRE	PERLENHOCHZEIT
40 JAHRE	RUBINHOCHZEIT
50 JAHRE	GOLDHOCHZEIT
60 JAHRE	DIAMANTHOCHZEIT
65 JAHRE	EISERNE HOCHZEIT
70 JAHRE	GNADENHOCHZEIT
75 JAHRE	KRONJUWELENHOCHZEIT

TRAUST DU DICH?

Stell dir vor, du bist auf einer Hochzeit eingeladen. Würdest du dich trauen?

	Ja, auf jeden Fall	Kommt drauf an	Lieber nicht
1. Wärst du auf einer Hochzeit ein tanzfreudiger Gast?			
2. Würdest du dein Leben aufs Spiel setzen, um den Brautstrauß zu fangen?			
3. Würdest du vor allen Leuten eine lustige Rede halten?			
4. Würdest du jemanden absichtlich mit falschem Namen ansprechen, um zu sehen, wie sie oder er reagiert?			
5. Wärst du die Person, die sich beim offiziellen Hochzeitstanz des Brautpaares als Erstes anschließen würde?			
6. Würdest du als letzter Gast die Party verlassen?			
7. Würdest du als erste Person zum Büfett stürmen?			
8. Würdest du den DJ des Abends dazu überreden, ein bekanntes Kinderlied anzustimmen, während die Gäste schon zu schmissigen Songs tanzen?			

NACH DEM COMING-OUT

Ihr fragt uns immer: »Hat sich etwas durch die Ehe geändert? Ihr seid ja nun offiziell verheiratet!« Irgendwie ja und irgendwie auch gar nicht. Okay, diese Antwort war merkwürdig, aber sie ist ehrlich. Es ist alles beim Alten, wir lieben uns genauso doll, aber tragen jetzt eben zusätzlich einen echt schönen Ehering. Wir haben uns beide übrigens für eine Art Verlobungsring entschieden, weil wir das optisch schöner fanden. Innen haben wir uns »Bubu« eingravieren lassen. Aber weil wir beide die gleiche Ringgröße haben, vertauschen wir sie ständig 😁.

Dennoch hat sich trotzdem eine gewisse Sicherheit eingeschlichen, das hat sich verändert. Irgendwie fühlen wir uns richtig angekommen. Als wäre es jetzt besiegelt, dass man sein Leben lang mit diesem gefundenen Menschen zusammenbleibt – so ist's ja auch gedacht. Auf jeden Fall steht es daher so auf dem Papier und wir haben uns geschworen, uns daran zu halten und immer füreinander da zu sein. Und das ist etwas Besonderes. Auch wenn uns viele gesagt ha-

ben, dass wir doch noch so viel Zeit hätten, dass wir doch auch später noch heiraten könnten. Die Antwort darauf war und ist immer: Nein. Jeder Mensch weiß, wann und ob jemals der Zeitpunkt für die Hochzeit kommt. Und das war bei uns nun mal im Juni 2019 nach unserer Verlobung, da wussten wir schon, dass wir in ein bis zwei Jahren heiraten möchten.
Durch die Hochzeit haben wir uns beide so sicher und gut gefühlt, dass wir uns immer mehr auf den nächsten Schritt gefreut haben: Der Wunsch nach einem eigenen Kind war schon länger da. Das erste Mal haben wir Anfang 2020 darüber geredet. Da stellten wir in einem unserer Gespräche ungezwungen fest, dass wir uns beide darauf freuen, irgendwann eine eigene kleine Familie zu haben. Ein Zeitpunkt stand da natürlich noch nicht fest, schließlich studierten wir beide gerade noch und wollten erst nach unseren Abschlüssen über die Familienplanung reden. Das war dann 2021 der Fall. Die Hochzeit stand vor der Tür und ich hatte meinen Master im März 2021 beendet. Das war ein großartiges Gefühl und ich bin immer noch froh, dass es nun hinter mir liegt. Je älter man wird, desto schwerer ist es, etwas zu lernen. Mit 16 fiel es mir tausendmal leichter als mit 24. Deswegen war ich so froh, als ich endlich mein Zeugnis in den Händen hielt. Und Ina hatte nun auch nur noch ihre Masterarbeit vor sich, die sie Anfang 2022 würde abgeben müssen. Die Arme tut mir etwas leid: unser Buch und ihre Masterarbeit nebenbei schreiben. Aber gut, auch dafür liebe ich sie so sehr, weil sie für ihre Ziele kämpft!

Im Frühling 2021 wurde der Gedanke an ein Baby immer präsenter. Ich hatte einfach irgendwann diesen Punkt, an dem mich Babys magisch anzogen. Wir schauten jeden Kinderwagen an, sahen uns Babykleidung an und dachten uns: »Irgendwann sind das wir.« Dieser Wunsch wurde dann sogar immer stärker, sodass wir fast schon eine gewisse Vorfreude entwickelten. Merkwürdig, oder? Ist das diese biologische Uhr, von der unsere Eltern immer gesprochen hatten? Ich hatte das immer als Schwachsinn abgetan, aber pünktlich zum 24. Geburtstag ging es bei uns beiden los.

Doch wie geht man so etwas an? Wie ihr ja wisst, ist das bei uns nicht ganz so einfach. Bei vielen heterosexuellen Pärchen kommt der Wunsch auf, dann lassen sie die Verhütungsmethode weg und werden irgendwann schwanger – im besten Fall zumindest. Aber bei uns war es nun einmal unerheblich, wie oft wir miteinander schlafen würden: Eine Schwangerschaft würde daraus nie entstehen. So hart das klingen mag, aber es ist unmöglich. Es fühlte sich für uns komisch an, dass wir für ein Baby auf jemand anderen angewiesen sein würden: einen Mann. Und nein, wir selbst müssten nicht mit einem schlafen, um uns diesen Wunsch zu erfüllen. Es gibt heutzutage zahlreiche Möglichkeiten für lesbische Pärchen, um ein Kind zu bekommen. Aber welche Möglichkeit war für uns die beste? Und wie sollten wir dabei am besten vorgehen? Leider gibt es da keinen perfekten Zeitplan, nach dem man sich einfach richten kann. Aber zumindest wir können euch hier erzählen, wie wir das Ganze angegangen sind und immer noch angehen – wir schreiben wir das Buch parallel zu unserem echten Leben wie eine Art Tagebuch. So können wir unsere Gefühle herunterschreiben und euch besser erklären, wie es uns in den jeweiligen Momenten ging und wie es bei uns innerlich aussah.
Wo fangen wir also am besten an? Erst einmal den Laptop aufklappen und bei Google »Kinderwunsch lesbisches Paar« eingeben. Wir waren tatsächlich erstaunt über die schiere Anzahl an Hits: Neben dubiosen Seiten gibt es private Angebote oder Kliniken, die sich darauf spezialisiert haben. Wie das alles funktioniert und für welchen Weg wir uns entschieden haben, erzählen wir dir in Kapitel 5 und 6.

Aber bevor du jetzt direkt dorthin blättern möchtest, bleib doch noch kurz hier. Denn du fragst dich ja vielleicht auch, was sich alles verändert hat zwischen unserem Coming-out und dem jetzigen Zeitpunkt. Fühlen wir uns sicherer? War es für uns kein Problem, unserer Familie zu erzählen, dass wir jetzt gern Kind(er) haben würden?

Puuh, wo sollen wir da nur anfangen? Die Beziehung zu unserer Familie (wir sagen bewusst »unsere Familie«, weil wir sie, vor allem seit der Hochzeit, als eine große sehen) hat sich auf jeden Fall in der Zwischenzeit noch intensiviert. Nachdem wir ihnen alles erzählt hatten, war uns eine Last von den Schultern gefallen. Und irgendwie sind wir uns dank der Hochzeit noch sicherer geworden. So hat auch der/die Letzte verstanden, dass es sich WIRKLICH nicht um eine Phase handelt, sondern dass wir den Rest unseres Lebens zusammen verbringen möchten. Irgendwie war uns dieser Schritt persönlich äußerst wichtig – uns gegenseitig das Jawort vor allen zu geben. Wir fühlten uns sicherer, verstandener und es war für uns ein innerer Abschluss unseres Coming-outs. Unsere Freunde und Familie waren gekommen, haben gelacht und geweint, sich einfach für uns gefreut. Dieser Tag war für uns sogar perfekt, weil er uns für einen Moment all unsere negativen Erfahrungen vergessen hat lassen. Seit diesem Tag fühlen wir uns so richtig angekommen, weil wir uns nur mit Menschen umgeben, die uns akzeptieren und lieben – so wie wir zwei sind.

Aber was hat sich seitdem sonst noch verändert? Wir sind selbstbewusster geworden im Umgang mit unserer Beziehung! Am Anfang waren wir noch zögerlich, bei Arztbesuchen haben wir uns zum Beispiel manchmal nicht getraut, zu erwähnen, dass wir mit einer Frau zusammen waren. Wir hatten Angst, dass wir dann anders oder schlechter behandelt werden würden. Also haben wir das Thema lieber nicht weiter ausgeführt. Auch das hat sich in den letzten Monaten geändert: Es fällt uns immer leichter, darüber zu reden. Und falls uns doch einer schief anschaut, dann ist das eben so! Es tut uns nicht mehr so weh wie am Anfang. Denn wir sind uns sicher mit unserer Ehe und wir wissen, dass wir UNS haben – und das ist das Wichtigste: dass wir zu uns selbst stehen. Was wir mit der Zeit auch erst hatten lernen müssen – das geht nicht von heute auf morgen. Zu dem Zeitpunkt, an dem wir diesen Satz gerade schreiben, sind wir knapp fünf Jahre lang zusammen. Und erst jetzt können wir sagen, dass wir endlich angekommen sind, dass wir das Gefühl der Akzeptanz haben. Vielleicht auch, weil wir noch mehr zu uns selbst stehen und uns selbst so lieben, wie wir sind.

Vor einigen Tagen saßen wir im Auto und führten einen unserer typischen Deep-Talks. Wir waren gerade auf dem abendlichen Heimweg, ließen melancholische Musik laufen und haben über alles geredet. Das machen wir supergern. Dann fragte ich Ina, weil es gerade zum Thema passte: »Wünschst du dir manchmal, dass du heterosexuell wärst?« Vor fünf Jahren hätten wir diese Frage wohl anders beantwortet, weil die Zeit einfach schwer gewesen war und wir damals nicht »auffallen« hatten wollen. Ina hat aber während dieser Autofahrt sofort geantwortet: »Nein, bist du doof? Ich würde immer wieder so geboren werden wollen. Ich könnte nicht und möchte nicht ohne dich leben.« Dem konnte ich nur zustimmen. Ich möchte nichts an meiner Sexualität ändern (auch nicht, wenn ich es könnte). Wir finden es toll, wie es ist, und würden es nicht ändern wollen. Und wie traurig wäre es bitte, wenn Nessi ohne Ina leben müsste (wahrscheinlich würden dann überall Socken rumliegen) oder andersrum?

Obwohl (vielleicht aber auch weil?) wir aber viel selbstbewusster geworden sind, begegnen uns immer noch viele Hate-Nachrichten. Wir würden euch auch am liebsten an dieser Stelle versichern, dass immer alles supertoll ist und es nur liebe Menschen auf der Welt gibt. Aber dem ist leider nicht so. Wir werden euch hier ein paar der Nachrichten und Kommentare einfügen, die wir täglich bekommen. Natürlich bekommen wir sie auch, weil wir unser Leben öffentlich teilen, aber sie beweisen eben auch, dass wir noch lange nicht an unserem Ziel angekommen sind.

Wie kann man einem Kind nur sowas antun?

1

Ein Kind, dass ohne Vater aufwächst ... traurig!

3

Ich bin nicht prüde, aber so etwas gehört hier nicht her, ist nicht jedermanns Sache!!

Finde euch mega peinlich ... hoffentlich klappt es nie mit einer Schwangerschaft ... das arme Kind später ... wird krass gemobbt ... keiner möchte Lesben als Mutter. Der Gedanke ist schon widerlich.

Eine Familie besteht aus einem Mann und einer Frau 😂😂😂😂

An manchen Tagen merken wir es ganz besonders. »Was genau?«, fragt ihr euch jetzt vielleicht. Uns ist inzwischen eines aufgefallen: Social-Media-Nutzer finden es mittlerweile okay, dass wir zusammen sind, aber stören sich jetzt daran, dass wir ein Kind zusammen wollen. So wie es früher ein Störfaktor war, dass wir als lesbisches Paar im Internet auftreten und unsere Liebe öffentlich zeigen, geht das Ganze jetzt mehr in die Richtung des Kinderwunschs.
Wir zeigen nicht allzu oft etwas von dieser Seite von uns, von dieser verletzlichen. Davon, was passiert, wenn Menschen uns beleidigen, uns wünschen, dass wir nicht mehr da wären und vor allem dass wir niemals ein Kind zusammen hätten. Wir wollen nicht, dass sich jemand davon eingeschüchtert fühlt, also zeigen wir es nur so selten. Denn das Schlimme ist ja, dass solche negativen Kommentare im Kopf hängen bleiben – viel mehr, als es die positiven tun. Wenn dir jemand sagt, dass du schön aussiehst, wirst du dich darüber freuen, wenn aber jemand sagt, dass du »hässlich« bist, wird dir dies möglicherweise noch Jahre später im Kopf herumspuken.
Deswegen: Ja, es gibt sie, Menschen, die einen nicht mögen, und es wird sie immer geben. Wir haben lange gebraucht, um zu verinnerlichen, dass es unmöglich ist, dass einen alle mögen. Und an manchen Tagen vergessen wir es wieder. Meist schmerzt es dann mehrere Stunden lang, dann fragen wir uns, wieso jemand so etwas mit der Öffentlichkeit teilt, ob uns die Person dies wohl auch ins Gesicht sagen würde?!

Wie wir aber schon im ersten Buch bereits erwähnten, haben wir zum Glück euch, ihr, die ihr hinter uns steht, die ihr sofort auf öffentliche Hasskommentare reagiert und uns verteidigt. Das ist aber nicht selbstverständlich und auch nicht immer der Fall. Es gibt da draußen einfach viele Menschen, die ihren Unmut und ihre unschönen Meinungen mit der Welt teilen wollen. Wir haben gemerkt, dass es nicht immer mit uns etwas zu tun hat oder mit den Themen, über die sich die Hasser wieder auslassen. Manchmal fühlen sich Menschen durch solche Kommentare einfach besser … Das ist zwar traurig, aber eben auch wahr.

WER SICH SELBST FINDEN WILL, DARF ANDERE NICHT NACH DEM WEG FRAGEN.

JETZT MAL KLARTEXT:

CYBERMOBBING

Leider kommt es immer wieder vor, dass Menschen von anderen wegen irgendwelcher Nichtigkeiten ausgegrenzt und persönlich angegriffen werden, sei es mit Worten oder sogar mit Taten. Dabei kann es sich um die Hautfarbe drehen, um die sexuelle Orientierung oder einfach nur heißen: »Der*Die ist doof! Lass uns den*die jetzt mal fertigmachen.« Wenn das Ganze ins Internet übertragen wird, nennt man das Cybermobbing (von engl.: to mob = anpöbeln, sich auf jemanden stürzen). Es ist für die Betroffenen besonders schlimm, da inzwischen zum Beispiel Filme vom Mobbing selbst für alle zugänglich online gestellt werden, sie geschaut, geteilt und manchmal gefeiert werden. Aber auch beleidigende oder sogar diskriminierende Aussagen in Chats gehören dazu. Hinzu kommt, dass die meisten Angreifer*innen im Internet anonym unterwegs sind und man als normale*r Nutzer*in nicht weiß, wer dahintersteckt. Echt feige!

WICHTIGSTER RAT: Niemand muss sich das gefallen lassen. Wenn du das Gefühl oder sogar Beweise hast, in solch eine Sache hineingeraten zu sein – hol dir umgehend Hilfe. Das kann ein erstes Gespräch mit Eltern, Lehrer*innen oder anderen Vertrauenspersonen sein und bis zum Einschalten der Polizei in besonders schweren Fällen gehen. Du kannst dir aber auch erst einmal anonym Hilfe suchen, dafür haben wir dir auf der nächsten Seite ein paar Anlaufstellen gesammelt.

Das Ganze gilt natürlich auch andersherum: Wenn du einen Fall von Cybermobbing vermutest, biete der betroffenen Person Hilfe an, frag, wie du sie unterstützen kannst.

UMGANG MIT HATE – CYBERMOBBING

Hast du schon mal negative Kommentare oder Nachrichten über Social Media bekommen?

Wenn ja, was war es?

....

Was denkst du, wieso die Person dir das geschrieben hat?

....

Kanntest du die Person persönlich oder war der Kommentar anonym?

....

Macht es für dich einen Unterschied, ob der Kommentar persönlich oder anonym war?

....

Wie hast du geantwortet? Hast du überhaupt geantwortet oder es einfach ignoriert?

....

UNTERSTÜTZUNG FINDET MAN AUCH BEI SPEZIELL AUF CYBERMOBBING SPEZIALISIERTEN BERATUNGSSTELLEN:

- Bündnis gegen Cybermobbing e. V.: *www.buendnis-gegen-cybermobbing.de*
- JUUUPORT, Online-Hilfe von jungen Leuten für junge Leute bei Chatproblemen, Cybermobbing, Datenklau oder Ähnlichem: *www.juuuport.de*
- Cybermobbing Hilfe e. V., auch hier kann man online seine Fragen und Probleme loswerden: *www.cybermobbing-hilfe.de*

DU BIST WERTVOLL – SO WIE DU BIST

Klar, Selbstzweifel haben wir alle mal, es gibt auch diese Tage, an denen man sich selbst im Spiegel nicht angucken mag. Aber man sollte sich auch ab und an die Frage stellen: Warum habe ich diese Zweifel? Wem will ich gefallen oder genügen – und ist es die Person oder die Aufgabe wert, dass ich mich dazu vielleicht sogar selbst verleugne? Ehrlich gegenüber sich selbst zu bleiben, sich nicht zu verbiegen oder verbiegen zu lassen, kann man lernen – nämlich vom Leben 😉! Ständige Suche nach Aufmerksamkeit oder Anerkennung stresst ungemein, auch wenn man es unbewusst tut. Wer »sein Ding macht«, also fest zu sich steht, geht meistens etwas entspannter durchs Leben und bekommt auch die entsprechende Rückmeldung seiner Mitmenschen, sei es unbewusst durch Körpersprache oder wörtlich. Natürlich freuen wir uns alle über ein Kompliment oder ein Lob, aber das ist doch am schönsten und nur wirklich echt, wenn es vom Gegenüber auch von Herzen kommt und nicht, weil man quasi danach gefragt hat. Jede*r ist wertvoll, so wie sie*er ist, und das kann man auch ruhig mal laut sagen – zu anderen und besonders zu sich selbst, wenn vielleicht der Spiegel mal wieder eine ganz andere Person zeigt, als man glaubte, zu sein. Du bist richtig, so wie du bist ❤️! Glaub uns einfach!

IMMER MEHR SIND VON CYBERMOBBING BETROFFEN, IN DEUTSCHLAND ZUM BEISPIEL FAST ZWEI MILLIONEN SCHÜLERINNEN UND SCHÜLER. SEIT 2017 IST DIE GESAMTZAHL DER BETROFFENEN UM 36 PROZENT ANGESTIEGEN (VON 12,7 AUF 17,3 PROZENT IM JAHR 2020).

FÜR 2 PORTIONEN

BANANEN-PANCAKES MIT NUR DREI ZUTATEN

ZUTATEN:

2 reife Bananen

4 Eier

1 Prise Zimt

Butter für die Pfanne

optional für die Garnitur: Früchte oder Schokodrops

ZUBEREITUNG:

In einer Schüssel die Bananen mit einer Gabel zerdrücken und die Eier hinzugeben. Dann mit dem Zimt zu einem Teig mischen. Eine beschichtete Pfanne mit etwas Butter bei mittlerer Hitze erwärmen. Nun 2 EL von dem Teig hineingeben. Jeden Pancake solltest du pro Seite 2–3 Minuten goldbraun backen. Und dann sind sie schon fertig! Wenn du magst, kannst du die Pancakes mit Bananenscheiben, anderen Früchten oder Schokodrops garnieren.

BUCKET LIST: LASS UNS ETWAS ERLEBEN!

Wir haben mehrere Sachen auf unserer gemeinsamen Bucket List und im Laufe des letzten Jahres konnten wir schon ein paar Punkte abhaken. Manchmal kommen aber auch neue hinzu. Hier ist ein kurzer Ausschnitt unserer Liste, der vielleicht eine kleine Inspiration für dich ist ❤.

1. HEISSLUFTBALLONFAHRT
2. ALPAKAWANDERUNG
3. JEDEN KONTINENT EINMAL BESUCHEN
4. DIE NORDLICHTER SEHEN
5. UNSERE SILBERHOCHZEIT FEIERN
6. UNTER EINEM WASSERFALL DUSCHEN
7. MAMAS WERDEN
8. ELEFANTEN STREICHELN
9. AM STRAND REITEN
10. SURFEN GEHEN

Hier kannst du deine eigene Bucket List erstellen:

WIR MÖCHTEN MAMA & MAMA WERDEN!

DER BABYWUNSCH WÄCHST

INA: Der Moment, in dem wir uns beide ein Kind wünschen, war ganz plötzlich da. Da gibt's kein bestimmtes Datum.

VANESSA: *Ich hatte schon immer gewusst, dass ich mal Kinder haben wollte. Aber dieser Wunsch wurde jetzt einfach immer größer. Irgendwann war uns dann klar: Wir haben jetzt eine schöne Wohnung und ein gesichertes Einkommen, haben unser Studium größtenteils beendet und sind irgendwie angekommen. Warum also nicht jetzt das Thema Kind angehen?*

INA: Früher hatte ich mir das gar nicht vorstellen können, Kinder zu wollen oder gar zu haben. Ich dachte immer, ich würde nie bereit dafür sein. Aber mit der richtigen Partnerin an meiner Seite war der Wunsch dann da und wurde immer stärker. Ich glaube, wir fühlen uns jetzt einfach bereit dazu, für jemand anderen in unserem Leben da zu sein – außer nur für uns zwei und unseren Hund Charly …

VANESSA: … *und dass wir unsere Liebe auch gern teilen möchten. Davon haben wir nämlich echt viel übrig ❤.*

INA: Und dann gabst du Anfang 2021 den entscheidenden Anstoß.

VANESSA: *Ja, ich fühlte mich total bereit dafür. Und das mag jetzt vielleicht komisch klingen, aber ich fände es persönlich wahnsinnig schön, wenn unser Kind in den Sommermonaten Geburtstag hätte. Da gibt es einfach so viele tolle Möglichkeiten, um einen Geburtstag zu feiern. Also haben wir dann darüber gesprochen und gemeinsam entschieden, das Ganze jetzt anzugehen.*

REAKTIONEN AUF UNSEREN BABYWUNSCH

VANESSA: *Ich bin so froh, dass die liebsten Menschen in unserem Umfeld so positiv auf die Nachricht, dass wir ein Baby bekommen wollen, reagiert haben! Außerdem finde ich es gut, dass wir noch so jung sind, unser Kind hat dann viel mehr Zeit mit seinen Großeltern.*

INA: Ich finde das auch voll schön. Im Vergleich zu deiner Familie sind die meisten meiner Familienmitglieder ja schon relativ alt: Meine Mutter ist 66 und mein Vater 57 Jahre. Ich habe ja zum Glück meine Oma noch, aber bin froh, dass wir beide nun das Durchschnittsalter in meiner Familie ein wenig durchbrechen.

VANESSA: *Ich finde es auch interessant, dass es vonseiten unserer Familien gar keine Nachfragen gab, sondern sie sich einfach gefreut haben, aber unsere Freund*innen eher diejenigen waren, die sich Sorgen gemacht haben, ob uns das vielleicht zu stark einschränken würde. Sie fragten uns, ob es nicht zu früh sei für ein Kind und ob wir uns auch wirklich sicher seien. Weil wir uns dadurch schon so früh binden würden und manches nicht mehr so machen könnten wie bisher.*

INA: Vielleicht sind sie aber auch einfach nur traurig darüber, dass wir dann nicht mehr so oft mit ihnen Party machen können 😁!

HASSKOMMENTARE AUF SOCIAL MEDIA

INA: Die Menschen, die uns auf Social Media folgen, haben größtenteils positiv darauf reagiert, als wir unseren Kinderwunsch posteten. Leider gab und gibt es aber auch immer wieder Hasskommentare. Ich kann es nicht nachvollziehen, dass es Menschen gibt, die zwar mit unserer Liebe und Beziehung kein Problem haben, für die aber dann das Thema Kind aus irgendwelchen Gründen zu weit geht. Da müssen wir dann Sätze lesen wie »Das arme Kind! Das wird ja dann gemobbt!« oder »Ihr seid total egoistische Menschen, dass ihr ein Kind haben wollt und euren Wunsch an erster Stelle stellt. Hoffentlich klappt es niemals bei euch!«. Zusätzlich gibt es dann tatsächlich immer noch die Menschen, die wirklich denken, die »böse« Homosexualität sei vererbbar oder ansteckend – da fällt einem aber auch nichts mehr ein …

VANESSA: *Ich denke, die wollen uns einfach die Art Familie aufdrücken, die sie selbst erlebt haben. Die können sich einfach nicht* *vorstellen, dass es auch andere Familienkonstellationen gibt, die glücklich machen und funktionieren. Menschen können (oder wollen) leider oft nicht aus ihrem Gewohnten ausbrechen. Dass es auch zwei Mamas oder zwei Papas geben kann, ist ja noch verhältnismäßig neu in unserer Gesellschaft, und alles, was neu ist, macht den Menschen Angst. Deswegen stoßen wir da auch auf Ablehnung und Kritik. Oder bekommen unterstellt, dass es den Kindern an etwas mangelt, wenn sie von gleichgeschlechtlichen Eltern aufgezogen werden würden. Wenn wir da mit gutem Beispiel vorangehen und öffentlich zeigen, dass unser Kind genauso glücklich ist wie die in anderen Familien, können wir damit hoffentlich positiven Einfluss nehmen.*

DIE ANFÄNGE UND HERAUSFORDERUNGEN

INA: Ich weiß noch, dass wir bei der Recherche erst völlig euphorisch waren. Wir wollten alles lesen, was es zum Thema Kinderwunsch bei lesbischen Pärchen gab. Wir klebten förmlich an unseren Bildschirmen, um möglichst alles herauszufinden, waren dann aber total erschlagen von den vielen Infos.

VANESSA: *Ja, aber die größte Herausforderung war die Suche nach der richtigen Kinderwunschklinik. Irgendwie war keine der deutschen Kliniken, die wir uns angesehen hatten, das Richtige für uns. Nirgends haben wir uns so richtig wohlgefühlt. Bis wir dann eine Klinik in Dänemark gefunden haben, bei der wir uns sofort super aufgehoben gefühlt haben. Die Menschen dort waren total lieb und schon beim ersten Telefonat fühlten wir, dass das die richtige Klinik für uns sein würde. Damit fiel schon mal die erste Last von unseren Schultern!*

INA: Dann kam aber gleich die nächste heftige Hürde der rechtlichen Situation. Wenn Vanessa das Kind bekommt, muss ich es adoptieren, damit es auf dem Papier unser gemeinsames Kind ist. Ich habe mich lange mit dem Thema beschäftigt und weiß nun, was mich erwarten wird. Für die Adoption wird jemand zu uns nach Hause kommen, um mich und unser Zuhause zu prüfen. Auch meine Unterlagen, wie das Führungszeugnis und so, werden intensiv gecheckt.

VANESSA: *Das war ja gerade am Anfang nicht leicht für dich …*

INA: Ja, es hat mich ehrlich gesagt etwas wütend gemacht. Was bitte unterscheidet mich denn von anderen? Bei heterosexuellen Pärchen muss doch auch niemand eine Art »Kinderführerschein« machen, wenn sie zusammen ein Kind zeugen wollen. Ich habe mir viele Gedanken und Sorgen gemacht. Was wäre zum Beispiel, wenn ich an dem Tag des Hausbesuchs einen schlechten Tag hätte, auch weil ich von der Situation so gestresst bin, oder einen Fehler mache? Nur weil ich eine lesbische Frau bin und mit dir ein Kind haben möchte, muss ich diese Prüfungen über mich ergehen lassen. Das finde ich einfach unfair … lässt sich aber aktuell ja leider nicht vermeiden. Da ist man so hilflos.

VANESSA: *Bei unserer Recherche haben wir verschiedene Methoden gefunden, um unseren Kinderwunsch zu ermöglichen. Dass man dazu einen Mann benötigt, der den Samen spendet, ist natürlich erst mal die logische Grundlage.*

INA: Wir finden das Wort »Helfer« übrigens viel schöner als »Samenspender«, denn am Ende ist es ja schließlich wirklich jemand, der uns bei unserem Kinderwunsch hilft.

VANESSA: *Es gibt einige Methoden, die in Deutschland legal sind, aber auch welche, die es nicht sind, dafür aber in anderen Ländern angeboten werden. Eine legale Vorgehensweise wäre die normale Samenspende, die man zum Beispiel von einem Freund oder Bekannten bekommen könnte.*

INA: Das ist zwar die preiswerteste Methode, aber sie hat auch das Risiko, dass der männliche Helfer nicht ausreichend gesundheitlich gecheckt ist oder es hinterher Probleme beim Rechteabtritt gibt.

VANESSA: *Bei einer Samenspende in der Klinik zahlt man dann neben den Eingriffen selbst zusätzlich noch dafür, dass der Helfer und seine Samen umfassend auf Krankheiten überprüft werden. Dann gibt es anonyme, teilanonyme und nicht anonyme Spenden. Dabei ist auch geregelt, ob das Kind später einen Anspruch bzw. die Möglichkeit hat, den Helfer herauszufinden und kennenzulernen. Anonym heißt, dass es wirklich niemals einen Kontakt zwischen dem Helfer und dem Kind geben wird. Teilanonym bedeutet, dass der Helfer sich überlegen kann, ob er das Kind dann mit 18 Jahren kennenlernen möchte. Bei einem nicht anonymen Helfer kann Kontakt zwischen Kind und Helfer bestehen.*

INA: Wir werden jedoch nicht alle Einzelheiten zu der Entstehung und allen unseren Entscheidungen teilen, weil wir möchten, dass unser Kind völlig frei entscheiden kann, durch nichts oder uns beeinflusst wird und die Privatsphäre geschützt ist. Wenn es groß ist, kann es selbst entscheiden, was es erzählen möchte und was nicht.

VANESSA: *Eine weitere, aber in Deutschland nicht zugelassene Methode nennt sich ROPA. Dabei sind beide Frauen an dem Prozess* *beteiligt: Einer Frau werden die Eizellen entnommen, die im Reagenzglas befruchtet und bei der anderen Frau eingesetzt werden. Der Haken daran ist allerdings, dass beide vorher eine intensive Behandlung mit vielen Hormonspritzen durchlaufen müssen. Wir haben uns dagegen entschieden, weil wir wenigstens den ersten Versuch ohne Hormone machen möchten. Wenn das dann doch nicht klappen sollte oder wir ein zweites Kind haben möchten, würden wir diese Methode auch in Betracht ziehen.*

DIE HÄUFIGSTEN FRAGEN

VANESSA: *Die wohl am häufigsten gestellte Frage aus unserer Community war wohl die, wer von uns beiden denn das Kind bekommen würde. Ich stelle mir die Schwangerschaft und das Gefühl währenddessen sehr schön vor, bin also froh, dass ich das machen darf.*

INA: Ich fühle das aktuell eher nicht, bin also froh, dass Nessi das so gern machen möchte, aber vielleicht bekomme ich dann ja unser zweites Kind. Was auch oft gefragt wurde, war, ob wir uns eher über einen Jungen oder ein Mädchen freuen würden. Wir würden uns über jedes Geschlecht freuen!

VANESSA: *Wir wollen nur, dass unser Kind gesund ist. Geschlecht, sexuelle Identität oder Orientierung spielen da für uns absolut keine Rolle.*

INA: Eine weitere Frage war, ob es denn in der Kinderwunschklinik einen Katalog mit Männern gebe, aus denen man sich einen aussuchen könnte ...

VANESSA: *... wie beim Onlineshopping 😁!*

INA: Das gibt es so zwar nicht, aber in der Klinik wurde ich schon intensiv zu mir, meinem Leben, meinen Charakterzügen und Verhaltensweisen befragt, damit man gut gematcht wird. Ob ich eher ordentlich oder unordentlich sei zum Beispiel.

VANESSA: *Dann kannst du neben mir bald noch einer weiteren Person hinterherräumen 😁!*

INA: Ob das Kind dann wirklich alle Eigenschaften des Helfers übernimmt, kann man natürlich nicht mit Bestimmtheit oder überhaupt vorhersagen. Aber die Klinik hat sich sogar auch ein paar meiner Kinderbilder angeschaut. Und mit all diesen Infos suchen die dann in ihrer eigenen Datenbank nach einem mir möglichst ähnlichen Mann.

VANESSA: *Als Kind hast du ja deine naturbraunen Haare gehabt – ich bin mal gespannt, ob unser Kind dann auch braune Haare haben wird 😊. Es wird aber auch häufig gefragt, wie teuer die Prozedur ist. Das können wir gar nicht pauschal beantworten, weil es auf die Methode und Klinik ankommt. Ich würde sagen, es kostet zwischen 500 und 2500 Euro – das obere Ende ist allerdings offen. Es werden sogar VIP-Pakete angeboten, bei denen der Mann in seinem ganzen Leben nur an eine einzige Frau spenden darf und sie somit Exklusivrechte auf seinen Samen hat.*

NICHT DIE GLÜCKLICHEN SIND DANKBAR, ES SIND DIE DANKBAREN, *die glücklich sind.*

Francis Bacon

JETZT MAL KLARTEXT:

REGENBOGENFAMILIEN

Um eine Familie mit Kindern zu gründen, stehen gleichgeschlechtliche Paare vor großen Herausforderungen. Zumindest eine kleine Erleichterung gibt es seit der »Ehe für alle«: Im Adoptionsrecht sind gleichgeschlechtliche Paare heterosexuellen gleichgestellt, das heißt, sie können genauso gemeinsam Kinder adoptieren. Allerdings ist das in Deutschland sehr selten, da hierzulande nicht viele Kinder zur Adoption freigegeben werden, sondern häufig in Pflegefamilien leben und noch Kontakt zu ihren leiblichen Eltern haben. Kinder aus dem Ausland zu adoptieren, birgt ebenfalls einige Stolperfallen. Man braucht beispielsweise auf jeden Fall eine Adoptionserlaubnis eines deutschen Jugendamtes und eine seriöse Vermittlungsstelle.

Einfacher wird es auch nicht, wenn sich, wie bei uns, die Frau eines lesbischen Paares entschließt, mithilfe einer Samenspende ein Kind auszutragen. Ihre Partnerin kann dann laut Abstammungsrecht nicht als zweiter Elternteil in die Geburtsurkunde eingetragen werden. Nur ein Mann und eine Frau werden gemeinsam als Eltern eines Kindes anerkannt. Für die Partnerin der Schwangeren bedeutet dies, das gemeinsame Kind adoptieren zu müssen. Das nennt man »Stiefkindadoption«, ein aufwendiger Prozess, bei dem die nicht leibliche Mutter vor dem Jugendamt und Familiengericht ihre »Eignung« als Mutter nachweisen muss. Zahlreiche Verbände, die sich für lesbische, schwule, bisexuelle, trans- und intergeschlechtliche Menschen einsetzen, fordern deshalb schon lange eine Änderung und Überarbeitung des Abstammungsrechts. Die neue Regierung, die seit 2021 im Amt sitzt, hat aber verkündet, dass sie genau dies angehen und ändern möchte. Schön wäre das ja!

WICHTIGE ANSPRECHPARTNER FÜR EURE FRAGEN ZU KINDERWUNSCH UND ADOPTION

AUSLANDSADOPTION: Infos dazu gibt es beim Bundesamt für Justiz: *www.bundesjustizamt.de*, Stichwort Themen – Bürgerdienste – Auslandsadoption

ADOPTION GENERELL: Bundesministerium für Familien, Senioren, Frauen und Jugend: *www.bmfsfj.de*, Stichwort Themen – Familie – Schwangerschaft und Kinderwunsch – Adoption und Adoptionsvermittlung

KINDERWUNSCH: Eine gute Sammlung von Informationen zum Thema künstliche Befruchtung bietet ein Ratgeber des Lesben- und Schwulenverbands Deutschland: *www.lsvd.de*, Stichwort Recht – Ratgeber – Künstliche Befruchtung

ÜBRIGENS

Auch Männer können schwanger werden! Trans*-Männer, die als Frau geboren wurden und ihre weiblichen Fortpflanzungsorgane behalten haben, sind in der Lage, ein Kind auf die Welt zu bringen. Dafür müssen diejenigen, die sich einer Hormonbehandlung unterziehen, diese Behandlung aussetzen, damit der Zyklus wieder in Gang kommt.

BUNDESJUSTIZMINISTER WILL CO-MUTTERSCHAFT ERMÖGLICHEN

Es tut sich was in der Politik! So erklärte der neue Bundesjustizminister Marco Buschmann im Februar 2022: »Wenn ein Kind in eine Ehe zwischen einem Mann und einer Frau geboren wird, ist der Mann – unabhängig von der biologischen Vaterschaft – rechtlich der Vater. Die Frage ist, warum dies in einer Ehe zwischen zwei Frauen anders sein soll.« Er ist dafür, dass beide Mütter »als Eltern im Sinne einer gemeinsamen Mutterschaft« anerkannt würden. Ein Gesetz dazu ist (während wir dieses Buch schreiben) noch nicht final auf dem Weg, wohl aber muss sich das Bundesverfassungsgericht mit dem Thema befassen: Ein lesbisches Paar hatte vor dem Oberlandesgericht Celle geklagt, das die bisherige Regelung tatsächlich für verfassungswidrig hält und den Fall an das Bundesverfassungsgericht verwiesen hat. Dieses muss nun beraten, wie eine neue Regelung aussehen könnte.

Im Februar 2022 haben wir unsere eigene Petition »Familie für alle 2022« ins Leben gerufen und konnten schon richtig viele Unterschriften sammeln. Es macht uns einfach wütend, dass Ina – obwohl wir offiziell sogar verheiratet sind und unser Kind in die Ehe hineingeboren wird! – nach der Geburt unseres Kindes den Prozess einer Stiefkindadoption durchlaufen muss. Dafür müssen wir superviele Dokumente einreichen und Ina muss sich einer Überprüfung unterziehen. Bei heterosexuellen Paaren ist dieser Prozess ein ganz anderer, denn hier reicht ein einziger, kostenfreier Termin für eine Vaterschaftsanerkennung – also deutlich unkomplizierter. Das finden wir diskriminierend und verletzend. Mit der Petition fordern wir eine sofortige Reform des Abstammungsrechts im Jahr 2022 – auch für Regenbogenfamilien. Wir fordern ein Gesetz, in dem ohne aufwendige Prozesse auch die Ehefrau der biologischen Mutter sofort als Mutter anerkannt wird. Die Petition findet ihr auf change.org, wir freuen uns über eure Mithilfe ❤️!

PACK DEIN LEBEN AN!

Jede*r kennt es – mal ist man vollkommen zufrieden mit sich und seinem Leben, in anderen Momenten würde man am liebsten alles über den Haufen werfen und etwas ganz anderes machen, einen Neuanfang starten. Wie schön wäre es, gäbe es einen Fahrplan, der einem bei der Entscheidung hilft, was man wann tun sollte: heiraten, Kinder bekommen, den Beruf wechseln, umziehen, vielleicht sogar selbst ein Haus bauen. Da das Leben nun mal nicht mit einem solchen Fahrplan ausgestattet wird, also ohne Aufbauanleitung ausgeliefert wird, helfen nur: viel auf sich selbst hören, sich mit Menschen austauschen, die einen lieben und wertschätzen, die so vielleicht gute Ratgeber*innen sein können, und ganz sachlich möglichst viele Informationen zu einem Problem zusammentragen. Klar, beim Heiraten sollte hauptsächlich das Gefühl entscheiden, und das sagt einem ja auch meist ziemlich deutlich, ob man wirklich bereit ist und daran glaubt, sämtliche Schwierigkeiten, die da kommen mögen, zusammen anzugehen. Bei anderen Aspekten wie einem Jobwechsel oder dem Immobilienkauf/Umzug kann es helfen, für die Entscheidung Pro-und-Kontra-Listen anzufertigen (was spricht für den neuen Lebensabschnitt, was dagegen?). Und hab bitte keine Angst vorm Scheitern – selbst wenn der Neuanfang misslingt, wird es immer auch wieder eine neue Tür geben, die sich öffnet. Wichtig ist, dass du es angehst, wenn du dich in der bisherigen Situation, sei es beruflich oder privat, unwohl fühlst. Einfach mal machen – könnte ja wirklich gut werden!

EIN NEUANFANG FÜR MEIN LEBEN

Manchmal steht man im Leben vor einer Situation, in der man spürt, dass sich etwas ändern muss. Manchmal weiß man tief in sich drin sogar auch, was genau das wäre, damit es einem dann besser geht und das Leben vorangehen kann. Doch wie stellt man das am besten an? Dafür haben wir hier ein paar Tipps gesammelt.

1. WAS WILLST DU WIRKLICH?

Schreibe dir auf, welchen Neuanfang du gern angehen möchtest: Willst du etwas Neues in dein Leben ziehen oder alte Gewohnheiten loslassen? Möchtest du dich beruflich verändern, umziehen, eine Familie gründen? Hör dabei nicht unbedingt auf deinen Kopf, er wird dir vermutlich sagen, was die Gesellschaft meint, was du tun solltest, und dir raten, den Status quo zu erhalten. Deine Motivation wird auf Dauer dafür aber nicht ausreichen, denn es muss von dir ganz allein kommen. Hör auf dein Bauchgefühl! Spüre nach, wie es sich anfühlt, wenn das, was du gern anpacken möchtest, bereits erfolgreich durchgeführt oder eingetreten wäre. Welche Emotionen löst das in dir aus? Macht es dich glücklich? Oder passiert da nicht viel und du wirst dir unsicher, ob es das wirklich sein soll? Wenn dir klar ist, was du möchtest, dann schreib es auf und hänge dir dein Ziel oder Vorhaben in dein Zimmer. Du kannst es dir auch digital aufschreiben und als Handybildschirmhintergrund abspeichern.

2. STELL DEINE ENTSCHEIDUNG NICHT INFRAGE!

Du hast nun also eine Entscheidung getroffen. Aber dennoch kommt da immer wieder diese Stimme in dir hoch, die dich fragt, ob es nicht besser wäre, es einfach sein zu lassen. Oder immer wieder Argumente parat hat, warum du es nicht tun solltest. Diese Stimme hat aber bei jeder neuen Veränderung schlicht Angst um dich. Denn sie möchte dich vor Schmerzen und Verlusten beschützen. Dabei hat sie aber nicht immer recht, denn Veränderungen gehören im Leben dazu und du brauchst eine gehörige Portion Mut und Wille, um dich gegen diese Stimme durchzusetzen. Klar, man kann auch mal seine Meinung über eine Entscheidung ändern, aber wenn du es wirklich willst, dann bleib auch dran und zweifele nicht an deiner Entscheidung!

3. MENSCHEN IN DEINEM UMFELD

So wie von der ängstlich-kritischen Stimme in dir wirst du vermutlich auch von Familienmitgliedern oder engen Freund*innen Zweifel zu hören oder sogar zu spüren bekommen. Auch sie wollen dich vielleicht vor einem Reinfall und dem damit verbundenen Schmerz beschützen. Aber in gemeinsamen Gesprächen kannst du herausfinden, ob du die Schritte wirklich gehen möchtest, weil du sie von der Idee so überzeugen musst, dass du daran merkst, ob du es kannst und wirklich willst. Aber du solltest dich dabei nicht allzu sehr von ihren Meinungen abhängig machen. Den Grund für ihre Zweifel kennst du nun, doch nur du weißt für dich selbst, was das Beste für dich ist! Steh für dich ein und werde dir klar darüber, dass DU dein Leben führen musst – nicht die anderen, denn die haben ihr eigenes mit eigenen Entscheidungen.

4. STARTE MIT DEM RICHTIGEN MINDSET!

»Das wird auf jeden Fall klappen und mein Leben sofort besser machen!« oder »Das ist schon sehr utopisch, ich weiß nicht, ob ich das schaffen kann« – beide Sätze zeigen, dass es keine gute Ausgangsgrundlage ist, wenn du zu optimistisch oder zu pessimistisch an die Sache rangehst. Sei ruhig optimistisch, versuche darüber hinaus aber auch eine realistische Sichtweise einzunehmen. Frage dich ruhig, was schlimmstenfalls passieren kann und wie du dann damit umgehen würdest. Somit wappnest du dich für den Fall der Fälle, lässt dich dadurch aber nicht von deinem Vorhaben abbringen.

5. HOLE DIR ALLE INFOS EIN!

Wenn du einen Neuanfang planst, aber gar nicht das nötige Wissen mitbringst, das es für die tatsächliche Umsetzung braucht, wird dir das alles eher schwerfallen. Bevor du loslegst, schreibe dir doch auf, welche Infos du für dein Vorhaben benötigst. Welchen möglichen Abläufen könntest du folgen? Recherchiere dann im Internet oder sprich mit Menschen, die schon einen Schritt weiter sind als du. Schreibe alles auf, was du tun möchtest, und nimm dir diese Liste immer wieder vor. Auch superhilfreich: Drucke dir Fotos aus, die zu deinem Ziel passen, und hänge sie auf!

6. FANG KLEIN AN, ABER FANG AN!

Einer der größten Fehler bei Neuanfängen ist es, sich zu viel auf einmal vorzunehmen. Dann – und das kennst du bestimmt von dir selbst – neigt man dazu, alles aufzuschieben (die berühmte Prokrastination) oder gar nicht erst anzufangen. Werde dir darüber bewusst! Überfordere dich nicht und setze dir immer wieder kleine Ziele. Versieh diese Ziele mit Deadlines, die du dir selbst setzt und bei denen du dir vornimmst, diese einzuhalten. Noch besser klappt das, wenn du dir jemanden mit ins Boot holst, der dich nach dem neuesten Stand fragt oder vielleicht sogar mitmacht. Das Wichtigste ist das Tun! Warte nicht auf »den richtigen Zeitpunkt«, denn der ist heute – jetzt und hier. Das reicht für den ersten kleinen Schritt, der dich mit den darauffolgenden Schritten zu deinem Ziel führen wird.

7. BLEIB DRAN!

Es ist total normal und in Ordnung, wenn du etwas auf Anhieb nicht schaffst oder dir Fehlschläge passieren. Doch wie sagt man so schön? Hinfallen, aufstehen, Krone richten und weitergehen! Komm nicht ins Grübeln, höre nicht auf die Stimme, die dir zuflüstert, dass du es jetzt ja auch gleich ganz sein lassen könntest. Erinnere dich an den Anfang, daran, warum und wozu du das Geplante umsetzen möchtest. Lass auch die Vergangenheit auf deinem Weg zurück. Sie ist zwar ein Teil von dir, aber sie definiert dich nicht!

8. LOS GEHT'S!

Was ist der nächste Schritt, den du anpacken möchtest, um deinem Neuanfang näherzukommen?

MEHR MUT!

Was hast du dich noch nicht getraut, den Menschen um dich herum zu sagen, und was hält dich davon ab?

DAS WÜRDE ICH GERN MEINEM*R BFF SAGEN:

....

....

Das hält mich (noch) davon ab, es der Person zu sagen:

....

Das könnte Gutes passieren, wenn ich es sagen würde:

....

DAS WÜRDE ICH GERN .... **SAGEN:**

....

....

Das hält mich (noch) davon ab, es der Person zu sagen:

....

Das könnte Gutes passieren, wenn ich es sagen würde:

....

DER WEG ZU UNSEREM KIND

Jetzt stehen wir hier: zwei Frauen mit einem Kinderwunsch. Auch wenn wir es uns wünschen würden, geht es leider biologisch nicht, dass wir auf natürlichem Wege ein Baby bekommen können. Wir brauchen also neben Liebe auch noch ein wenig Wissenschaft für unser kleines Wunder. Wir haben wirklich tagelang recherchiert, um uns zu informieren – unfassbar viele Stunden. Aber wir wollten einfach eine Methode und eine Klinik, mit der wir uns beide gut fühlen würden. Doch welche Methode ist die richtige? Das ist eine subjektive Sache. Wir haben letztlich die ROPA-Methode oder die künstliche Befruchtung in die engere Auswahl genommen. Bei Ersterer würden wir Inas Eizelle in Nessi einsetzen lassen. Somit wäre Ina die »genetische« Mama und Nessi die »biologische« Mama, um es ganz einfach zu sagen, auch wenn wir in jedem Fall beide die Mamas sind. Die ROPA-Methode haben wir uns für unser zweites Kind offen gehalten, da wir noch nicht wissen, ob Ina beim zweiten Mal selbst schwanger werden möchte oder ob Nessi auch das zweite Baby wieder austragen wird. Das steht alles in den Sternen und ist zum jetzigen Zeitpunkt auch noch unwichtig, weil es sich später ergeben wird.

Wir haben uns schlussendlich für die künstliche Befruchtung entschieden, da die ROPA-Methode nur in Spanien erlaubt ist. Wie im vorherigen Kapitel beschrieben, müssten wir beide Hormone dafür bekommen und wären wahrscheinlich einem enormen Stress ausgesetzt. Da die erste Schwangerschaft sicherlich die aufregendste sein wird (alles noch so neu!), haben wir uns für den einfacheren Weg entschieden und für eine Klinik, bei der wir uns einfach am wohlsten gefühlt haben: in Dänemark. Weil wir euch aber nicht explizit etwas empfehlen wollen, werden wir darüber nicht mehr verraten. Ihr solltet einfach immer zu einer Ärztin oder einem Arzt gehen, bei der oder dem ihr euch am wohlsten fühlt, statt dorthin, wo WIR uns am wohlsten gefühlt haben. Außerdem macht die Recherchearbeit auch Spaß, die wollen wir euch nicht nehmen 😊.

Nachdem wir viele Gespräche mit den Menschen in der dänischen Klinik hatten, wussten wir: Das ist sie. Doch wie würde es jetzt weitergehen? Unsere Ansprechpartnerin in der Klinik, der Einfachheit halber nennen wir sie jetzt Tina, hat uns immer super betreut. Sie meinte, dass es gut sei, dass wir uns schon so früh melden würden, weil wir vorher noch ein paar Aufgaben vor der Kinderwunschbehandlung zu erledigen hätten, um bei der Wahl des Spenders zu helfen. Denn es ist natürlich nicht leicht, den perfekten Samenspender zu finden. Aber es ist eben auch nicht so, dass man, um auf eine der Fragen aus dem vorherigen Kapitel noch einmal einzugehen, einen Katalog mit Steckbriefen und Bildern bekommt wie im Film, wo man dann ankreuzt, was man möchte. Das ist in der Realität anders und jede Klinik handhabt das unterschiedlich. Aber bei uns ist es nun so, dass sich der Spender an Inas Eigenschaften und Aussehen orientiert, wir also jemanden haben, der ihr optisch und charakterlich stark ähnelt.

Nachdem wir den für uns passenden Helfer gefunden hatten, konnten wir für die künftigen Versuche sogenannte »Einheiten« kaufen, deren Kosten dann in der Zukunft alles abdecken würden. Tina hat uns zu drei Einheiten geraten. Gesagt, getan. Wir haben also drei Befruchtungsversuche gekauft und in der Klinik die Eier für diese Versuche einlagern lassen, bis wir sie benötigen würden. Zu dem Zeitpunkt (das war Mai/Anfang Juni 2021) wussten wir noch nicht, wann wir überhaupt hingehen wollten, wann wir das Ganze konkret angehen würden. Aber es war ein schönes Gefühl für uns, dass alles »bereit war«. Wir hätten theoretisch jederzeit hinfahren und loslegen können. Der Prozess wurde dadurch irgendwie »normalisiert« für uns. Vielleicht könnt ihr nachvollziehen, was wir damit meinen?
Jetzt fragt ihr euch wahrscheinlich, was wir mit den übrigen Versuchen machen, wenn es direkt klappt. Tina erklärte uns gleich, dass wir die übrigen Einheiten für 75 Prozent des Kaufpreises wieder an die Klinik zurückverkaufen oder sie weiterhin für mögliche Geschwisterkinder gelagert lassen könnten. Letzteres wollen wir uns offen halten, deshalb würden wir sie bei einer erfolgreichen Behandlung dort weiter eingelagert lassen. Die Vorstellung, dass unsere Kinder dann – wenn Ina das zweite Kind bekommen würde – Halbgeschwister wären, ist irgendwie schön.
Anschließend haben wir uns an die Erledigung aller Aufgaben gemacht. Zuerst also der Gang zum Frauenarzt. Nessi musste sich auf Verschiedenes testen lassen, wie Hepatitis B und C, HIV und die Antikörper gegen Röteln. Die Kosten dafür mussten wir selbst tragen, aber die Ergebnisse sind für die Behandlung wichtig und ohne kann man bei der Klinik nicht starten. Das lief bei Nessi alles rund und wir müssen die Ergebnisse ausgedruckt am Behandlungstag mitbringen (hoffentlich vergessen wir das nicht 😁).

Tina hat uns auch empfohlen, dass Nessi mindestens die drei Monate vor der Behandlung Folsäure einnehmen sollte. Also direkt welche gekauft und Nessi nimmt sie regelmäßig. Zu guter Letzt war es noch wichtig, dass wir uns mit Ovulationstests vertraut machten, weil sie bei einem Kinderwunsch hilfreich die fruchtbaren Tage anzeigen. Wir machten dann im August 2021 einen Testmonat und benutzten die Ovulationstests, um zu schauen, wie sie funktionieren und ob bei Nessi die fruchtbaren Tage überhaupt angezeigt werden (es kann durchaus passieren, dass dem nicht so ist). Dabei kam heraus, dass die Tests mit Nessis Periodenapp übereinstimmten und dass wir eigentlich keine Probleme bei der Ermittlung des Eisprungs haben dürften. Auch wenn es natürlich keine Garantie für einen reibungslosen Ablauf ist, das darf man auch nicht vergessen. Aber wir waren jetzt fertig und fühlten uns vorbereitet. Wir hatten alle Ergebnisse vorliegen, hatten einen Probemonat gemacht, Nessi nahm regelmäßig Folsäure ein. Doch wann würde es jetzt so richtig losgehen? Bevor wir uns darüber genauere Gedanken machen wollten, wollten wir zuerst unserer Familie von diesem wichtigsten Schritt in unserem Leben erzählen.

Unsere Familie wusste es überwiegend schon, dass wir irgendwann Kinder wollten. Wahrscheinlich dachten sie, dass es in drei oder vier Jahren so weit sein würde. Dass der Punkt schon »so früh« kommen würde, hatten sie wahrscheinlich nicht gedacht. Aber: Sie freuten sich wahnsinnig über die Mitteilung.

Mit meinem Papa – sein Name ist Mark – hatte ich schon geredet und ihm erzählt, dass wir uns bereit fühlten, worüber er sich sehr freute. Er hatte schon immer zu mir gesagt, dass er irgendwann mal Opa werden möchte. Bei vier Kindern hat er natürlich eine ziemlich gute Chance, dass Enkelkinder kommen werden 😁. Ich habe ihn immer über die Klinik, den Spender und den Zeitraum auf dem Laufenden gehalten. Am 19. Juli 2021 habe ich ihm dann über WhatsApp einen Link mit einem Artikel geschickt, in dem es darum ging, dass »Coupleontour bald Mamas werden« würden, weil wir veröffentlicht hatten, dass wir den perfekten Samenspender für uns gefunden hatten. Daraufhin hat er das geantwortet:

PAPA Dann bin ich ja wohl bald Opa … 😊

VANESSA Man weiß nie, wann es klappt

Du bist sehr fruchtbar, bin ich mir sicher

Woher willst du das wissen? 😂

Das spürt man …

Werde dich auf dem Laufenden halten 🥲

Er schätzte also die Chancen, dass es beim ersten Mal klappen würde, als sehr hoch ein. Ich zweifelte da noch eher daran, weil ich gelesen hatte, dass die Chance einer erfolgreichen künstlichen Befruchtung mit Anfang 20 bei 25 Prozent lägen. Ob wir wohl zu diesen 25 Prozent gehören würden? Ich würde es mir so sehr wünschen … aber möchte mich natürlich auch nicht darauf versteifen und dann zu enttäuscht sein, wenn es doch nichts wird.
Als wir dann am 29. September wussten, dass es im Oktober losgehen würde, habe ich ihm über WhatsApp ein Bild von kleinen Babyschuhen seiner Lieblingsschuhmarke geschickt und ihm dazu Folgendes geschrieben:

Ab nächstes Jahr dann Partnerlook.

🤗🤗 wann gehts los?

Ende Oktober 🤓

Superrrr

Freue mich sehr

Opa Marki

Jooo … 😎

Ich konnte schon rauslesen, dass er sich wirklich sehr freute, wenn er Opa werden würde. Manchmal scherze ich jetzt schon, dass auch ich ihn dann nur noch »Opa Mark« nennen werde. Auch wenn mein Papa sehr weit weg wohnt (auf Mallorca), weiß ich, dass »Klein Bubu« ihn oft genug sehen würde. Dafür würden wir sorgen.
Bei meiner Mama sieht es auch nicht anders aus. Ich habe gemeinsam mit Ina schon oft mit ihr über die Kinderplanung geredet und sie verfolgt jeden unserer Schritte. Ich habe das Gefühl, dass sie jetzt schon die »Oma des Jahres« werden möchte – schließlich ist meine Mama genauso ein Planungsfreak wie ich. So hat sie mir am 08. September 2021 ein Bild von einem Plüschtier bei WhatsApp geschickt und ich verstand erst gar nicht, was sie mir damit hatte sagen wollen. Ich glaube, man merkt dem kurzen Verlauf schon an, dass sie dem positiven Schwangerschaftstest schon entgegenfieberte, um endlich mit Ina shoppen gehen zu können. Ich mag einkaufen zwar auch gern, aber ich glaube, mit Ina ist Mama dann doch besser bedient 😁!

MAMA

VANESSA Wie süß bitte

Was willst du mir damit sagen?

Ja, hellblau

Ich stehe auf dem Schlauch?

Babyspielzeug

Du bist bald Mama

Ich bin in der Spielzeug-Abteilung

Ihr denkt euch jetzt vielleicht: Ihr setzt euch doch viel zu doll unter Druck mit allem. Keine Sorge, wir freuen uns einfach, dass alle mit uns mitfiebern.
Meinen Großeltern haben wir natürlich auch von unserem Vorhaben erzählt, da ist die Vorfreude auch schon riesig, und ich bin einfach wahnsinnig froh, dass die beiden noch so jung sind. Ich selbst hatte meine Uroma, bis ich zwölf war, und das war wirklich ganz toll für mich. Das ist auch ein Grund, warum ich unbedingt jung Mama werden möchte. Beides hat seine Vor- und Nachteile, aber ein großer Vorteil ist für mich, dass man als Kind mehr Zeit mit seinen Urgroßeltern und Großeltern verbringen kann.

VANESSA Also wir sind 8:40 beim Arzt und würden danach kommen

OMA HANI Ok, also wenig Zeit?

Mittel Zeit, müssen an dem Tag noch Koffer packen.

Wir fahren dann nach Dänemark wegen 👶

Oh wie schön

Dann werden wir Großeltern

Das wäre schön 🧡

Und dann gibt es da noch meine Omi, die schon immer an meiner Seite war und der ich viel zu verdanken habe. Sie war schon immer für mich da und ist es noch immer. Sie ist schon 88 Jahre alt und hat seit vielen Jahren immer wieder den Anschein erweckt, dass sie bald nicht mehr bei uns sein würde. Umso schöner finde ich es, dass sie nun noch Uroma werden könnte. Als ich eines Tages bei ihr war, habe ich sie gefragt, ob sie sich freuen würde, wenn sie irgendwann Uroma wäre – vielleicht ja sogar schneller als gedacht. Sie meinte daraufhin spöttisch: »Na klar, wenn ich da noch lebe.« Ich hoffe sehr, dass ihr Urenkel sie noch kennenlernen darf. Außerdem macht sie sicherlich das süßeste Strickset mit Schühchen und Mütze ever. Darauf freue ich mich ganz besonders. Meine Oma fiebert mit und freut sich immer über Neuigkeiten. Auch wenn sie anfangs nicht ganz verstand, wie das alles so funktionieren würde, aber ich hab es ihr in Ruhe erklärt und wir haben abgemacht, dass sie immer alles fragen darf. Meine Uroma hatte ich nur, bis ich fünf Jahre alt war, ich kann mich also kaum an sie erinnern. Ich hoffe daher, dass meine Omi noch lange so fit bleibt, wie sie es jetzt ist, damit sie Klein Bubu mit Rat und Tat zur Seite stehen kann wie mir. Meine Oma hat immer ein offenes Ohr, einen guten Ratschlag parat und ist eine fantastische Streitschlichterin, die den besten Käsekuchen und die beste Erdbeertorte bäckt.

Mein Papa hat es am Telefon erfahren, er wusste aber auch schon, dass wir den Kinderwunsch angehen wollten, und daher fehlte ihm eher nur noch die Information zum Zeitpunkt. Ich muss auch hier sagen, dass ich es wahnsinnig cool finde, dass mein Papa dann Opa wird. Er hat mit mir früher immer wieder zusammen Lego gebaut, wir hatten diverse Autos, haben Modelleisenbahnschienen verlegt und er hat mir alles in Sachen Autos beigebracht. Ich habe es ja bei der Hochzeit schon erwähnt, dass mein Papa nichts sieht, dass er blind ist. Das war er auch schon, als ich auf die Welt kam, wenn auch nicht sein Leben lang. Aber er hat sich gut damit arrangiert, ist glücklich – und darauf kommt es an. Von ihm habe ich außerdem auch alles Handwerkliche gelernt, das kann er fantastisch. Ohne ihn wüsste ich also nicht, wie man einen Nagel in die Wand schlägt, eine Säge bedient oder Wände tapeziert. Und gerade weil meine beiden Opas schon so früh von uns gegangen sind, ich also keine Chance hatte, sie kennenzulernen, freue ich mich darauf, dass Klein Bubu meinen Papa dann Opa nennen wird und all diese praktischen Dinge auch noch von ihm direkt lernen können wird. Mein Papa freut sich auch sehr darauf. Er kann sich manchmal, glaube ich, nicht so ganz vorstellen, wie wir das auf die Reihe bekommen, aber er weiß, dass wir es packen werden. Und wenn wir doch mal Hilfe brauchen, haben wir ja eine fantastische Familie und unsere ganzen Freund*innen, die uns dann mit Rat und Tat zur Seite stehen.

Unseren weiteren Familienmitgliedern, wie Geschwistern, meiner Mama, Cousine und Cousins, haben wir es entweder am Telefon erzählt oder bei persönlichen Treffen. Alle freuen sich sehr für uns. Und sind schon gespannt, wie sehr das Baby dann alles inklusive der Familie durcheinanderwirbeln wird.

Das Leben

IST ZU KURZ FÜR IRGENDWANN.

JETZT MAL KLARTEXT:

DAS ABENTEUER DES LEBENS

Kinder zu bekommen und sie aufzuziehen, ist ein Abenteuer, weil es ohne Gebrauchsanweisung vonstattengeht – das muss man einfach mal so sagen. Jeden Tag kommen weltweit über 200.000 Babys zur Welt (Stand 2020), leider nicht alle gewollt und unter optimalen Umständen, aber viele natürlich auch lange ersehnt und liebevoll empfangen. Warum tatsächlich viele Menschen den Wunsch nach einem Kind verspüren, andere dagegen gar nicht, kann wissenschaftlich noch nicht begründet werden. Wenn man die Möglichkeit hat, sich frei für oder gegen das Kinderkriegen zu entscheiden, spielen die persönlichen Lebensumstände natürlich immer eine Rolle. Viele bevorzugen vielleicht ihre individuelle Freiheit und Unabhängigkeit, die mit Kind(ern) nicht mehr so gegeben wären, andere können sich nichts Besseres vorstellen, als gemeinsam als Familie zu leben und ihre Kinder auf dem Weg ins Leben zu begleiten. Denn Eines ist klar: Eltern ist man für immer, und das ist eine enorme (und enorm bereichernde) Aufgabe. Und wenn es auch keine Gebrauchsanweisung dafür gibt, so gibt es doch jede Menge Unterstützung und Hilfe, sei es medizinisch, sozial oder finanziell, damit möglichst viele Kinder die Möglichkeit auf einen guten Start in die Zukunft haben.

HOMOSEXUALITÄT UND KINDERWUNSCH

Neben der Adoption eines Kindes können sich gleichgeschlechtliche Paare den Wunsch nach einem leiblichen Kind mithilfe einer künstlichen Befruchtung erfüllen. Dafür gibt es verschiedene Methoden:

BECHERMETHODE

Eine sehr private und intime Vorgehensweise, zum Beispiel wenn man den Samenspender persönlich kennt. Die Samenspende wird in einem Becher gesammelt und von der Frau selbst beispielsweise mithilfe eines Diaphragmas oder einer Menstruationstasse in die Scheide eingeführt, sodass die Natur dann ihren Lauf nehmen kann, ähnlich wie beim Geschlechtsverkehr. Vorteil: unkompliziert. Nachteil: Die Erfolgsaussichten sind ähnlich schwankend wie beim Geschlechtsverkehr. Zudem muss man sich auch rechtlich mit dem Samenspender über sehr viele Punkte einig werden und sich am besten gegenseitig absichern. Themen wie beispielsweise das Sorgerecht oder Unterhaltsfragen müssen geklärt und bestenfalls notariell festgehalten werden.

WEITERE METHODEN, DIE NUR VON ÄRZT*INNEN VORGENOMMEN WERDEN DÜRFEN:

IVF (IN-VITRO-FERTILISATION)

Eizelle und mehrere Spermien werden in einem Reagenzglas zusammengebracht. Ist die Befruchtung erfolgreich, werden der Frau eine oder mehrere befruchtete Eizellen in die Gebärmutter eingesetzt und man muss abwarten, ob sich eine Schwangerschaft entwickelt.

ICSI (INTRACYTOPLASMATISCHE SPERMIENINJEKTION)

Ein einzelnes Spermium wird direkt in eine Eizelle eingespritzt und diese befruchtete Eizelle dann der Frau in die Gebärmutter eingesetzt. Auch hier heißt es abwarten, ob sich die Eizelle einnistet und eine Schwangerschaft beginnt.

ROPA-METHODE

Diese Methode ist in nur wenigen Ländern wie Spanien erlaubt, so eben auch nicht in Deutschland. Das Prinzip: Eine Partnerin spendet eine Eizelle, die mit einer Samenspende befruchtet und der anderen Partnerin in die Gebärmutter eingesetzt wird. Daher gibt es sozusagen eine »genetische« und eine »biologische« Mama, was viele Paare als noch engere Familienbildung empfinden.

Zu bedenken ist dabei jedoch: Künstliche Befruchtungen sind nicht nur mit hohen Kosten, sondern auch mit hohen körperlichen und psychischen Belastungen für die Frau, die schwanger werden möchte, verbunden. So muss man vielleicht bestimmte Medikamente nehmen oder auch eine Hormontherapie machen und natürlich auch mit Misserfolgen klarkommen, wenn es nicht gleich beim ersten Mal klappt. Man sollte sich also schon sehr sicher sein, bevor man die Entscheidung für eine künstliche Befruchtung trifft.

ADOPTION

Bei einer Adoption wird ein Kind in die Familie aufgenommen und auch rechtlich so gestellt, als wäre es das leibliche Kind der adoptierenden Eltern. Um ein Kind adoptieren zu können, muss man als Paar und auch als einzelner Mensch viele Voraussetzungen erfüllen und diese bei verschiedenen Ämtern und Behörden unter Beweis stellen – was mehrere Jahre dauern kann.

KINDERWUNSCH BEI HOMOSEXUELLEN MÄNNERPAAREN

Eine »Regenbogenalternative« zur Adoption wäre es zum Beispiel für ein männliches Paar, sich mit einem befreundeten lesbischen Paar zusammenzutun, um durch Samenspende gemeinsam ein leibliches Kind zu bekommen und aufzuziehen. Eine Leihmutterschaft, bei der eine fremde Frau für ein schwules Paar ein Kind austrägt, ist in Deutschland verboten.

FÜR MÄNNER, DIE GERN IHREN SAMEN SPENDEN, ABER AUF JEGLICHE RECHTE UND PFLICHTEN DEM KIND GEGENÜBER VERZICHTEN WOLLEN, GIBT ES AUSSERDEM SPEZIELLE PORTALE. IN DENEN KÖNNEN SIE EIN PROFIL ANLEGEN UND MIT FRAUEN, DIE AUF DER SUCHE NACH EINEM SAMENSPENDER SIND, IN KONTAKT TRETEN. DABEI MUSS MAN SICH AUCH RECHTLICH ABSICHERN: WENN EIN FRAUENPAAR EINE ZWEI-MÜTTER-FAMILIE GRÜNDEN MÖCHTE, WIRD OFT NOTARIELL BEURKUNDET VEREINBART, DASS DIE CO-MUTTER NACH DER GEBURT DAS KIND ALS STIEFKIND ADOPTIERT. DAFÜR MUSS DER SAMENSPENDER VON ALLEN VATERSCHAFTSPFLICHTEN FREIGESTELLT WERDEN UND AUF ALLE VATERSCHAFTSRECHTE VERZICHTEN. DEN ANTRAG DAZU KANN MAN AUCH SCHON VOR DER GEBURT EINREICHEN.

ZUSCHUSS DER KOSTEN FÜR EINE KÜNSTLICHE BEFRUCHTUNG

Die Kosten einer Kinderwunschbehandlung werden grundsätzlich nicht erstattet. Nur unter bestimmten Voraussetzungen übernehmen Krankenkassen einen Kostenteil. Nach aktuellem Stand (Anfang 2022) fallen homosexuelle Paare mit gleichen Geschlechtsorganen grundsätzlich aus dem Raster, denn eine Voraussetzung ist, dass nur die Ei- und Samenzellen des Ehepaares verwendet werden dürfen. Es gibt zwar noch spezielle Bundesländer-Fördertöpfe, aber auch hier sieht es eher schlecht aus: Bei der Frau muss zum Beispiel eine Fertilitätsstörung vorliegen, d. h., sie muss in dem Sinne unfruchtbar sein, dass sie aus medizinischer Sicht nicht auf natürlichem Weg, aber durch künstliche Befruchtung bzw. Insemination schwanger werden kann.

Die gute Nachricht: Im Koalitionsvertrag 2021 von SPD, Bündnis 90/ Die Grünen und FDP wird klar, dass den Parteien die diskriminierende Problematik im Bezug auf homosexuelle Paare bewusst ist, weshalb sie sich dafür einsetzen wollen, dass die künstliche Befruchtung auch unabhängig von einer medizinischen Indikation, dem Familienstand und der sexuellen Identität förderfähig sein soll.

INSIDER-INFO

Wusstest du, dass Ina früher Schauspielerin werden wollte? Wenn dann aber eine Kamera auf sie gerichtet wurde, blieb ihr die Sprache weg. Aber heute ist sie nicht mehr kamerascheu. Also: Nichts ist unmöglich. Glaub an dich!

LGBT
PRIDE

DIE EHE FÜR ALLE

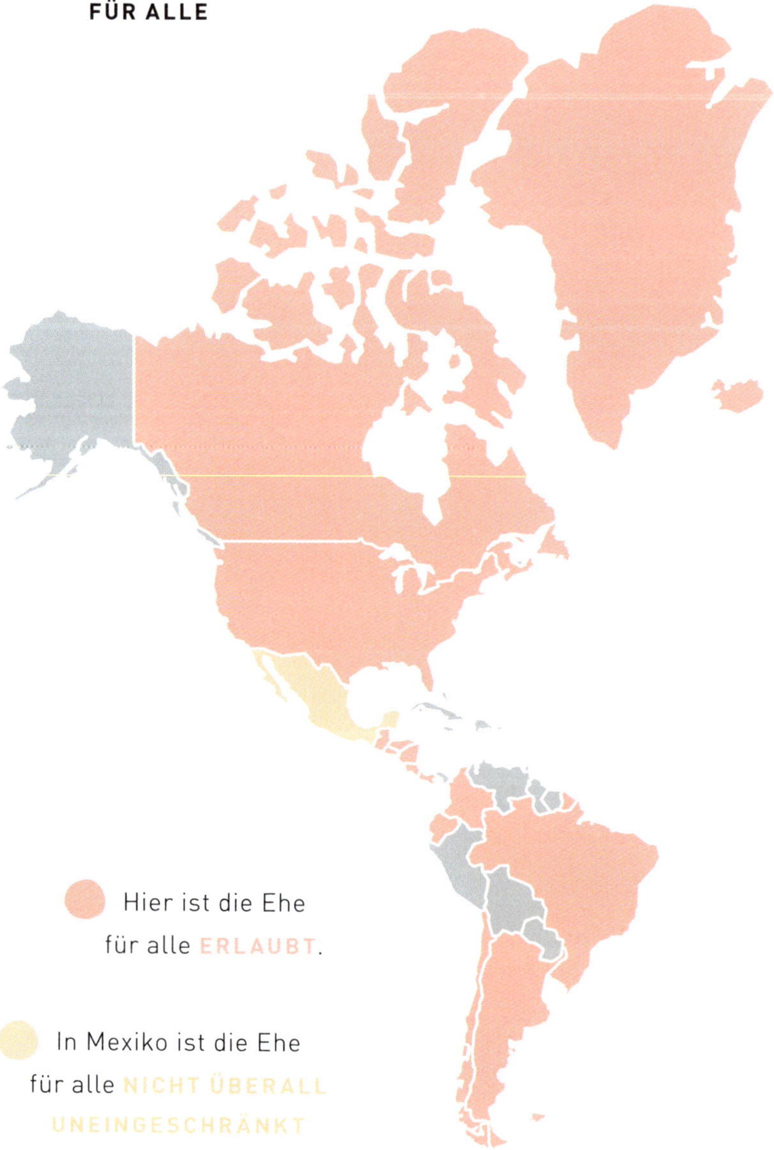

Hier ist die Ehe für alle ERLAUBT.

In Mexiko ist die Ehe für alle NICHT ÜBERALL UNEINGESCHRÄNKT ERLAUBT.

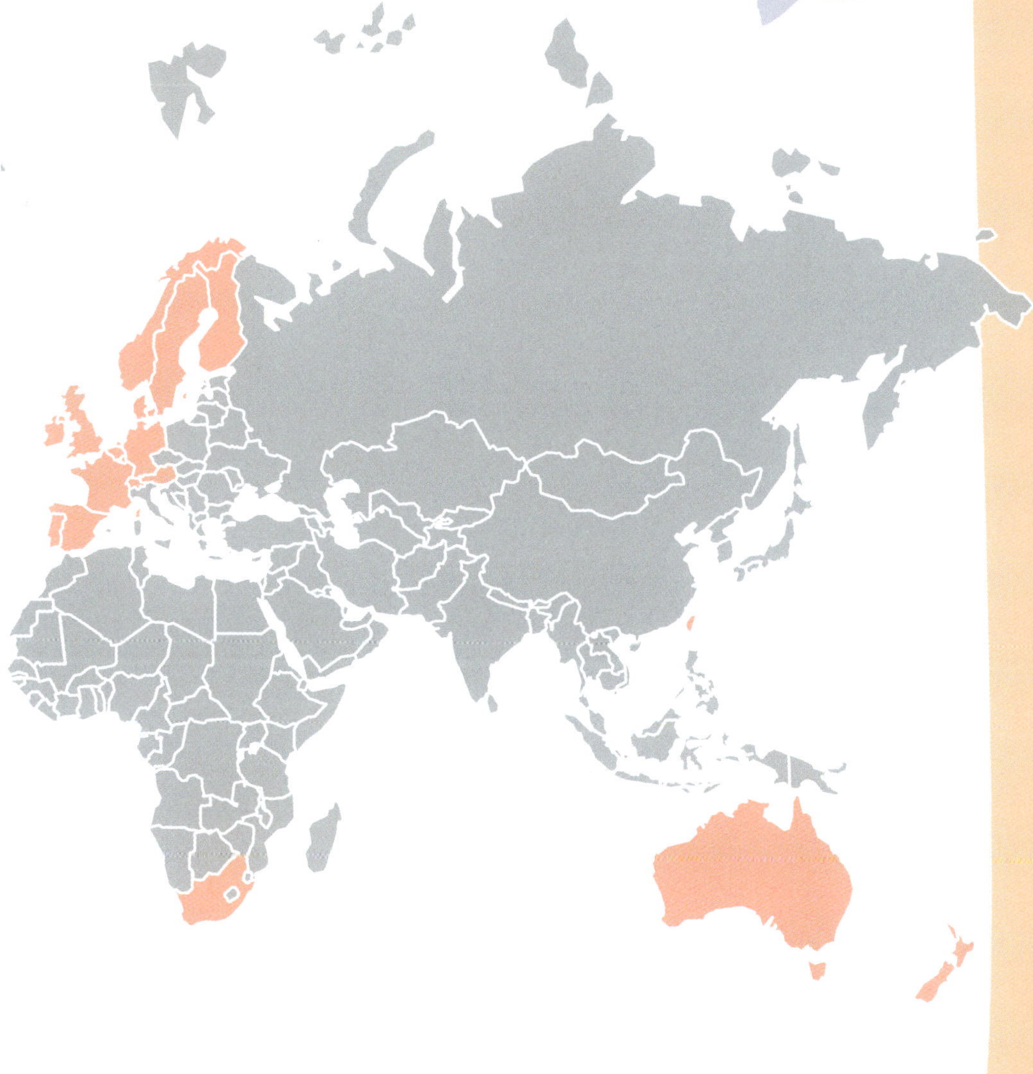

ADOPTIONEN DURCH GLEICHGESCHLECHTLICHE PAARE

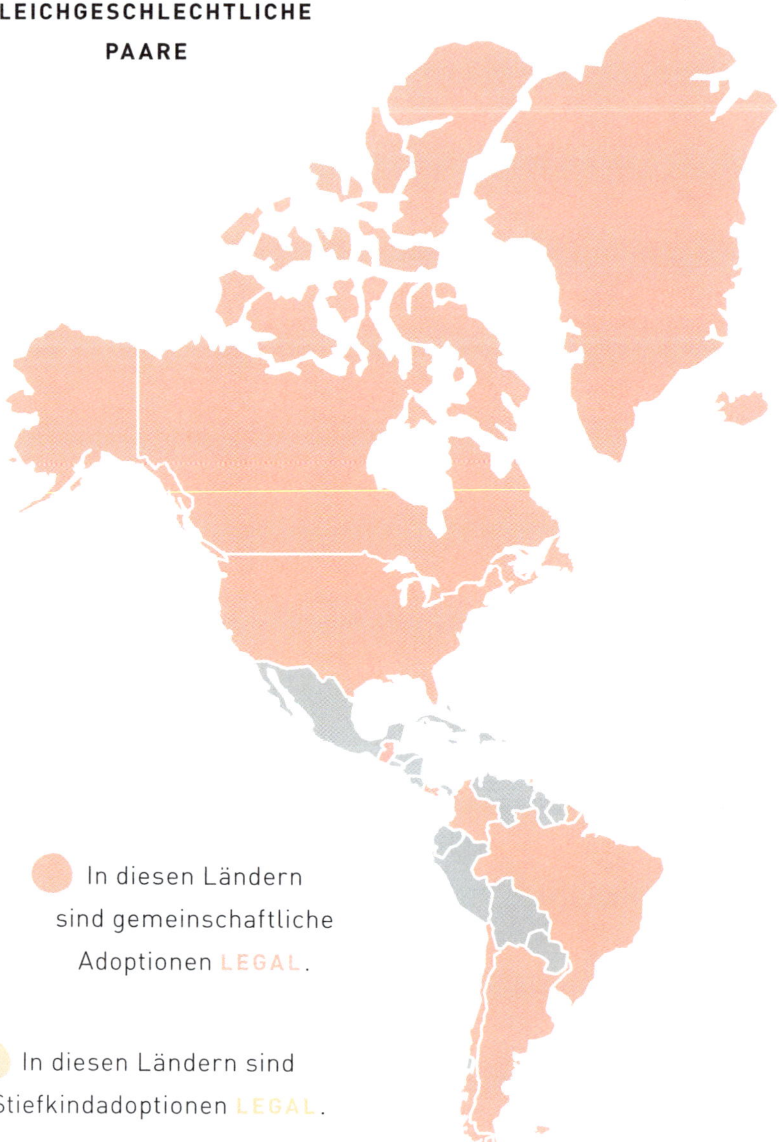

In diesen Ländern sind gemeinschaftliche Adoptionen LEGAL.

In diesen Ländern sind Stiefkindadoptionen LEGAL.

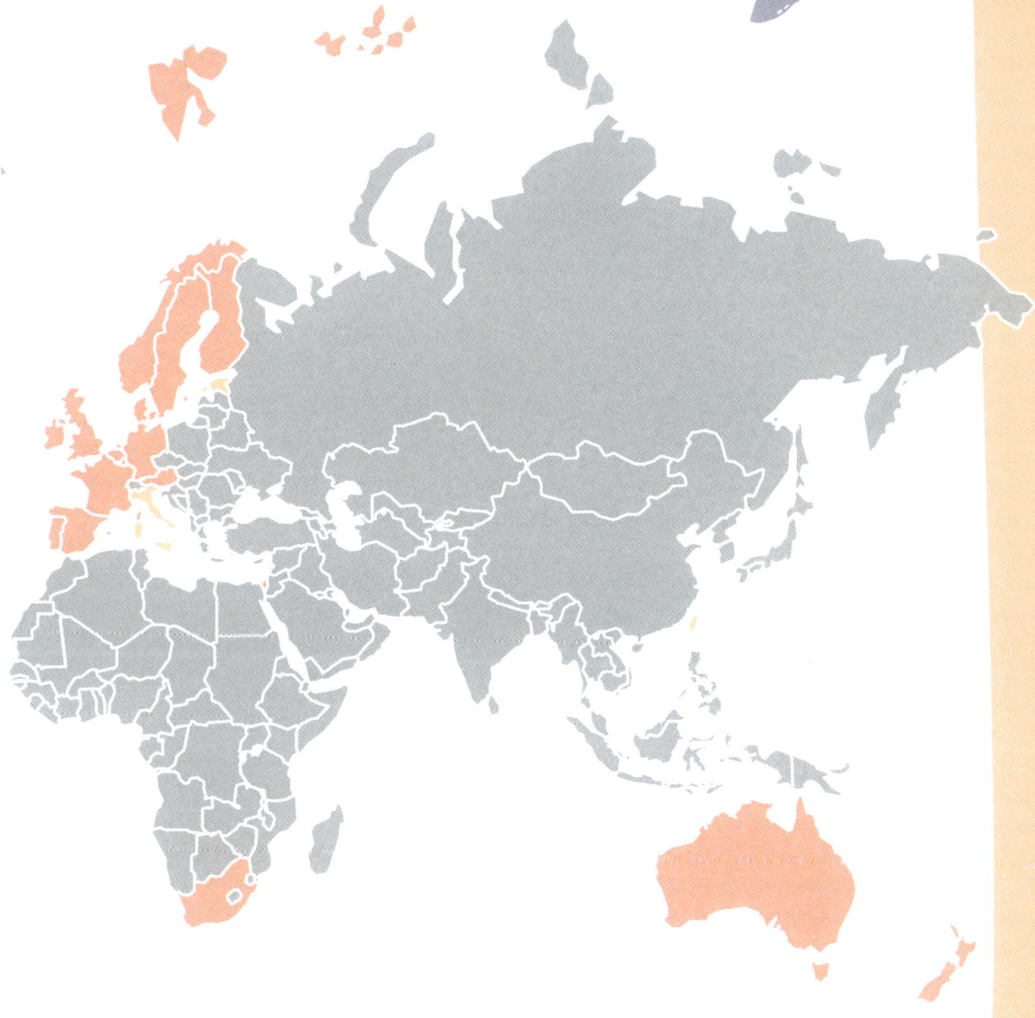

ES GEHT LOS

Oh Mann, beim Schreiben dieser Zeilen habe ich ganz zittrige Hände. Wir haben den 14. Oktober und es wird wohl in wenigen Tagen losgehen! Denn wir haben beschlossen, dass wir den ersten Versuch im Oktober 2021 wagen werden. Warum Oktober? Gute Frage. Wir hatten im August erst mal entspannt heiraten wollen, im September hatte ich dann Geburtstag und da der Weg zur Klinik in Dänemark nicht der kürzeste ist, haben wir uns eben den Oktober ausgesucht. Wahrscheinlich ist es also in ein paar Tagen so weit und wir werden die aufregendste Zeit unseres Lebens vor uns haben.

Wir sind zu jedem Zeitpunkt zusammen. Egal, wie schwer oder leicht es auch gewesen sein mag, wir wissen, dass wir uns aufeinander verlassen können. Manchmal hat unser Leben ein gewaltiges Tempo an den Tag gelegt – wir sind aber immer füreinander da, auch als Ruhepole.

Momentan machen wir täglich (wie bei unserem Probemonat August) einen Ovulationstest. Ein Kreis als Ergebnis bedeutet, dass die Chance einer Schwangerschaft sehr gering ist, bei einem blinkenden

Smiley ist sie hoch, während sie bei einem kontinuierlichen Smiley (der bleibt dann auch 48 Stunden im Testfenster zu sehen) am höchsten ist und es zum Eisprung kommt.

Das waren die wirklich aufregenden Zeiten. Wie oft haben wir diesen Test angestarrt und auf das RICHTIGE Ergebnis gewartet ... Im Nachhinein schon auch lustig 😁.

Exakt in dieses 48-Stunden-Fenster sollte natürlich die Behandlung fallen. Ihr könnt euch vorstellen, wie aufgeregt wir jeden Tag sind. Nach meiner Periodenapp sollte es in der dritten Oktoberwoche so weit sein. Damit wir den Moment nicht verpassen (und weil wir Angst hatten, dass der Test falsch anzeigt), machen wir derzeit jeden Tag einen. Wahrscheinlich auch weil es unser erster Versuch ist und wir einfach nichts falsch machen wollen. Ob wir wohl zu den rund 35 Prozent gehören, die nach der Behandlung schwanger werden?

Diese Unsicherheit hat uns manchmal wirklich schlaflose Nächte bereitet. Auch ich hatte Angst, dass Nessi sich innerlich kaputtmachen würde, dass sie sich selbst so stark unter Druck setzen würde. Ich habe gemerkt, dass sie nichts falsch machen wollte und dass ihre innere Unruhe viel größer war, als sie es je zugegeben hätte, wenn ich sie direkt darauf angesprochen hätte.

Wir beschlossen, dass wir, sobald wir einen blinkenden Smiley auf unserem Ovulationstest sehen würden, uns sofort ein Zug- oder Flugticket buchen oder uns einfach ins Auto schwingen würden. Um Stress zu vermeiden, hatten wir uns sogar vorgenommen, dass wir dann einfach noch eine Woche in Dänemark bleiben und uns dort alles in Ruhe anschauen würden. Schließlich würde ab diesem Zeitpunkt vielleicht ein neues Leben für uns beginnen ...

Ich bin so stolz auf Nessi, wie sie das alles gemeistert hat! Eben weil ich weiß, dass es innerlich eine so starke Belastung war und ist. Es mag komisch klingen, aber das fühlt sich an wie eine große Prüfung, die da von einem verlangt wird. Nur dass einem niemand sagt, welcher Stoff oder welches Fach eigentlich dran kommt. Du hast zwar eine Vermutung, aber eben einfach gar keine Gewissheit.

Und dann war dieser eine Tag endlich da! Der Smiley blinkte – und wir waren ganz aufgeregt. Jetzt würde es nur noch ein paar Tage bis zum ersten Versuch dauern! Etwas gestresst fühlten wir uns schon. Wir wollten schließlich alles perfekt machen und müssen an dieser Stelle auch klarstellen, dass das Ganze mit ziemlich hohen Kosten verbunden ist. Homosexuelle Paare werden leider bei der Kinderplanung nicht finanziell unterstützt und die Reise- sowie Behandlungskosten waren natürlich nicht ohne. Am 22. Oktober 2021 ging es dann für uns im Auto nach Dänemark – es waren knapp sechseinhalb Stunden Fahrt. Mit Pausen waren wir nach acht Stunden im Hotel. Das Hotel lag superpraktisch, weil wir in zehn Minuten bei der Klinik sein konnten, hatten also vor Ort keinen langen Anfahrtsweg. Wir haben uns dort richtig schöne Tage gemacht, bis wir am 24. Oktober morgens dann endlich den positiven Ovulationstest hatten. Nun hatten wir 48 Stunden, um die Behandlung durchzuführen.

Den Test haben wir direkt morgens gemacht und der Klinik direkt Bescheid gegeben, dass es nun so weit sei, und gefragt, ob wir einen Termin bekommen könnten. Und: Es kam innerhalb von 30 Minuten eine Antwort – wir würden noch am gleichen Tag um 10 Uhr vorbeikommen können. Wir gingen also noch kurz frühstücken und fuhren dann hin.

Als wir dann geparkt hatten, war ich sooo aufgeregt. Ihr könnt euch das gar nicht vorstellen. Bubu und ich haben zwar im Vorfeld viel mit der Klinik geschrieben und telefoniert, aber wir wussten trotzdem

Das war wirklich ein krasses Gefühl. Es geht schließlich los, so wirklich los, ganz ohne Generalprobe oder so, sondern jetzt. Hier direkt vor Ort. Und wir fahren dann vielleicht zu dritt wieder nach Hause. Ein irrer Gedanke.

Wir haben uns dann auch noch verlaufen, weil wir irgendwie eine falsche Straße ins Navi eingegeben hatten. Also sind wir mehrere Male an der Klinik vorbeigelaufen und hatten am Ende regelrecht Stress, pünktlich zum Termin zu kommen. Aber nach einigen Anläufen haben wir es dann geschafft – und beinahe pünktlich 😁.

nicht, wie es dort genau aussehen und ablaufen würde, wie die Menschen dort sein würden. Etwas Angst hatte ich natürlich auch und wir mussten, nachdem wir geklingelt hatten, circa 20 Minuten warten. Wir wurden richtig lieb begrüßt und durften in ein »privates« Zimmer gehen mit einer lieben Mitarbeiterin, die die Behandlung durchführte.

Es war sehr schön, dass wir dort für uns sein konnten. Für uns als Paar war es auch ein wirklich intimer Moment. Ich denke, an diese außerordentliche Verbindung zwischen Bubu und mir werde ich mich immer erinnern. Wir waren vorher schon stark miteinander verbunden gewesen, aber das hat die Bindung noch einmal mehr gestärkt.

Wir waren die ganze Zeit zusammen drin – Ina hielt meine Hand und nach 15 Minuten war schon wieder alles vorbei. Es war wie ein Frauenarztbesuch: zwar etwas unangenehm, aber nicht schmerzhaft. Wir hatten danach noch kurz Zeit für uns, um alles zu verarbeiten, zudem gab man uns noch ein paar Tipps mit auf den Weg. Sitzheizung sollte vermieden werden wie auch Saunabesuche und die Badewanne für die nächsten zwei bis drei Tage. Zum Schluss gab es noch eine Glückstüte mit einem Schwangerschaftstest, den wir in 14 Tagen machen sollten. Danach sollten wir dann der Klinik mitteilen, ob es geklappt hat oder eben noch nicht.

Jetzt fing eigentlich die schlimmste Zeit an: das Warten. Die Tage vergingen so unfassbar langsam, obwohl wir uns wirklich eine schöne Zeit in Dänemark machten. Wir haben dabei auf jedes kleine Anzeichen geachtet, aber es gab einfach keine. Am ersten Tag habe ich mich noch komisch gefühlt, aber danach war alles ganz normal – wie immer eben. Nur dass man sich etwas verrückt gemacht hat und unbedingt wissen wollte, ob gerade etwas im Körper passiert.

Diese Warterei war die reinste Katastrophe, auch weil wir beide so was von ungeduldig sind. Ich bin da vielleicht sogar noch etwas schlimmer und hätte diesen Test am liebsten sofort direkt danach gemacht. Dass das nichts bringt und auch nicht geht, weiß ich natürlich, aber trotzdem wollte ich, dass sich die Uhrzeiger schneller drehen sollten, damit wir Bescheid wissen würden. Zum Glück wurde es aber nach einigen Tagen besser mit der Ungeduld.

ES KOMMT
NICHT DARAUF AN,
DEM LEBEN MEHR
Jahre zu geben,
SONDERN
DEN JAHREN MEHR
Leben zu geben.

Alexis Carrel

JETZT MAL KLARTEXT:

STEH ZU DIR SELBST

»Die Würde des Menschen ist unantastbar«, so heißt es in Artikel 1 des Grundgesetzes. Soll heißen, niemand darf wegen seiner Abstammung, seiner Art, seinem Geschlecht, seines Aussehens etc. von anderen körperlich oder seelisch angegriffen und verletzt, ausgegrenzt oder diskriminiert werden. Leider kommt das im Alltag immer noch viel zu häufig vor, vor allem bei Menschen aus der LGBTQ*-Community. Gerade erst Anfang 2022 fanden Mitarbeiter*innen der katholischen Kirche endlich den Mut, sich zu outen und zu ihrer sexuellen Orientierung zu stehen, was bis dahin ein absolutes Tabu gewesen war. Aber auch für alle anderen gilt generell: Wer am Arbeitsplatz das Gefühl hat, hintergangen zu werden, Opfer von Mobbing oder anderen Unterdrückungen zu sein, muss das nicht hinnehmen. Kein Job der Welt ist es wert, sich von den Umständen kaputtmachen zu lassen. Helfen offene Gespräche, zum Beispiel mit Gleichstellungsbeauftragten oder Vorgesetzten nicht, bleibt immer noch, sich etwas Neues zu suchen. Hab dabei keine Angst vor Veränderung oder finanziellen Einbußen, sondern nimm stattdessen Hilfe bei der Jobsuche in Anspruch (Stellenvermittler*innen kontaktieren), werde selbst aktiv (Stellengesuch aufgeben, soziale Netzwerke nutzen), aktiviere das Freund*innen- und Familiennetzwerk, befreie dich von altem Ballast und verlier dich vor allem nicht selbst. Alle sind wertvoll, wie sie sind – auch du!

BRING BEWEGUNG IN DEINEN KOPF!

Mach doch heute mal was ganz anderes, etwas Neues! So wirst du mutiger, verlässt deine Komfortzone und lernst, dass es gar nicht so schlimm ist, aus ihr rauszutreten. Fang mit diesen kleinen Schritten an und ändere tägliche Abläufe in deinem Alltag! Spüre nach: Was macht es mit dir?

- Halte beim Zähneputzen eine andere Reihenfolge ein.
- Zerteile einen Apfel mal mit der Hand, mit der du es sonst nicht machst.
- Benutze beim Weg zur Schule, Ausbildung oder Arbeit mal die andere Straßenseite.
- Dusche morgens nur kalt – das trainiert auch die Willensstärke!
- Fun-Challenge: Iss eine Woche lang nach dem Alphabet – los geht es zum Beispiel mit einem Apfel.
- Ziehe zwei verschiedene Socken an und behalte sie den ganzen Tag lang an!
- Lerne das Zehn-Finger-System für die Computertastatur – Gehirnjogging pur!

INSIDER-INFO

WIE KAMEN WIR AUF »KLEIN BUBU«?

Wir wollen gar nicht wissen, wie merkwürdig sich dieser Name vielleicht für euch anhört 😁. Unser gegenseitiger Spitzname ist, wie ihr wisst: Bubu. Und irgendwann hat es sich bei uns so ergeben, dass wir immer über unser zukünftiges Baby als »Klein Bubu« geredet haben. Und seitdem ist es einfach ein liebevoller Spitzname geworden.

EINE EHRLICHE SICHT AUF DICH

Das, was du von dir selbst denkst, trifft manchmal gar nicht auf das zu, was Freund*innen von dir denken. Schreibe hier auf, was du gut und noch nicht so gut kannst. Frage dann deine Freund*innen, wie sie dich aus dem Stegreif einschätzen würden. Vergleiche diese beiden Einträge: Fällt dir etwas auf? Finde so noch mehr über dich heraus!

DAS KANN ICH GUT	DAS KANN ICH NOCH NICHT SO GUT

MEINE SICHT

DAS KANN ICH GUT	DAS KANN ICH NOCH NICHT SO GUT

DIE SICHT MEINER FREUND*INNEN

EIN GLAS VOLLER GLÜCK!

Was macht dich im Leben so richtig glücklich? Was tust du gern und an welche Erlebnisse denkst du gern zurück? Schreibe dir alles auf kleine Zettel und gib sie in ein Schraubglas. Wenn du mal traurig bist oder gerade etwas Aufmunterung benötigst, greif rein und fühle nach, was dich glücklich gemacht hat oder was du tun könntest, um dich besser zu fühlen.

DU & DEINE LIEBSTEN HERZENSMENSCHEN!

Wer kennt es nicht: Wir haben alle unsere Handygalerie voll, aber die schönen Erinnerungen mit unseren liebsten Menschen geraten mit der Zeit in Vergessenheit? Warum nicht ganz old-school ein tatsächliches Fotoalbum zum Anfassen erstellen? Wir lieben es, immer wieder in unseren zu blättern und in Erinnerungen zu schwelgen. Wir können das also nur empfehlen!

FÜR DEINE BESTEN FREUND*INNEN:

Ein Fotoalbum ist das perfekte Geschenk zum Dankesagen an deine Freund*innen. Mit euren besten, lustigsten, aber auch traurigsten und persönlichsten Momenten.

FÜR PAARE:

Sucht die schönsten Bilder aus eurer Partnerschaft zusammen, lasst sie ausdrucken, vielleicht auch in unterschiedlichen Formaten, besorgt ein schönes Fotoalbum und klebt die Bilder ein – wie früher vor der Zeit der digitalen Photo Dumps. Dann alles ausführlich beschriften, vielleicht noch Erinnerungsstücke wie Kino- oder Konzerttickets, getrocknete Blüten oder Ähnliches dazukleben – und fertig ist ein tolles, persönliches Album, dass man immer wieder gern zum Stöbern in die Hand nimmt.

DAS TUT MIR GUT!

Liste hier all die Dinge auf, die dir richtig guttun. Wenn es dir mal nicht so gut geht, erinnere dich daran und unternimm doch etwas aus deiner persönlichen Liste.

Menschen

....

....

Aktivitäten

....

....

Filme

....

....

Musik

....

....

Essen

....

....

WERDE KREATIV!

Wenn du die Möglichkeit hättest, eigene Sticker, GIFs oder Filter auf Instagram oder TikTok zu erschaffen, welche wären es? Sei kreativ und tob dich aus: Nimm dir einen Stift und erstelle sie dir – zumindest auf Papier!

DER ERSTE SCHWANGER-SCHAFTSTEST

Wir

Nach der Behandlung blieben wir erst noch zwei Tage in Dänemark und fuhren dann mit dem Auto nach Hause. Als wir dort angekommen waren, war alles irgendwie anders als vorher. Also, natürlich hatte sich insgesamt eigentlich nichts verändert, aber wir hatten doch ein anderes Bauchgefühl. Das Gute war, dass wir durch den Aufenthalt in Dänemark schon zwei Tage der 14-tägigen Warterei hinter uns hatten. Klar, inzwischen gibt es ziemlich präzise Früherkennungstests, die bereits sechs Tage vor dem Ausbleiben der Periode ein sicheres positives oder negatives Ergebnis anzeigen können. Aber wir entschieden uns gegen die Nutzung eines solchen Tests. Wir wollten einfach nicht jeden Tag testen müssen vor Ungeduld. Das hätte uns nur noch mehr Stress gemacht. Auch wenn die Versuchung natürlich groß war.

Nach den ersten neun Tage kam uns schon mal der Gedanke »Ach komm, wir versuchen es und testen doch schon«. Ich glaube, alle hätten diesen Impuls irgendwann mal in einer solchen Situation. Und wir würden lügen, wenn wir behaupteten, dass wir NICHT aufgeregt waren 😁. Schließlich ist die Wahrscheinlichkeit, dass das Ergebnis des Früherkennungstests richtig ist, mit 79 Prozent gar nicht sooo schlecht. Aber wir wollten keine 79, sondern 99 Prozent! Und das bedeutete daher »abwarten und Tee trinken«.

An dieser Stelle müssen wir auch gestehen, dass wir uns direkt nach der Behandlung eine Schwangerschaftsapp heruntergeladen haben. Einfach um zu schauen, was jetzt im Körper passieren KÖNNTE. Wir wollten wissen, was jetzt vielleicht in Nessis Körper geschah – obwohl alles noch so »fern« war. Wir haben natürlich auch jeden Tag die Tage gezählt ... Und dann waren es irgendwann nur noch fünf, dann vier und dann nur noch drei Tage bis zum Test und der 99-prozentigen Gewissheit, ob es funktioniert hatte oder nicht. Zu dem Zeitpunkt kamen wir ganz schön ins Schwitzen. Würde sich in drei Tagen vielleicht unser ganzes Leben verändern und würden wir Mamas werden? Würden wir dann noch mal eine ganz andere Art und Ebene der Verantwortung tragen müssen oder würde es ein Tag werden, an dem wir traurig sein und den nächsten Versuch planen würden? Wir haben viel (besonders abends in Ruhe) darüber geredet und nachgedacht, wie es so wäre, wenn es wirklich klappte. Das hat sich dann auch in unseren nächtlichen Träumen widergespiegelt: Wir träumten von unseren eigenen Familien, von Schwangerschaften und auch von positiven Schwangerschaftstests. Unsere Gehirne beschäftigten sich so stark damit und wir merkten es nicht einmal wirklich, bis wir uns über unsere Träume austauschten und uns bewusst wurde, wie sehr das Thema ständig in uns arbeitete. Wir waren so sehr damit beschäftigt gewesen, nach außen hin »cool« zu bleiben, waren aber innerlich einfach seeeehr aufgeregt. Das musste ja irgendwie verarbeitet werden. Während Ina übrigens ein richtig gutes Gefühl hatte, war Nessi eher noch etwas pessimistisch, weil die Wahrscheinlichkeit, dass es direkt geklappt hatte, bei »nur« ca. 35 Prozent lag …

Der erste Schwangerschaftstest, den ein Mensch macht, bleibt sicherlich unvergessen: Entweder ist man voller Freude (wenn er eben das Ergebnis zeigt, das man sich wünscht) oder man ist total enttäuscht (wenn er eben genau das Gegenteil macht). Aber wir glauben, dass wir für alle sprechen können, die schon mal einen machen mussten: Man ist vor allem aufgeregt. Macht man alles richtig? Wie fällt das Ergebnis aus? Wird sich alles ändern – oder gar nichts? Nachdem wir die 14 Tage endlich geschafft hatten und es wieder Sonntag war, saßen wir mit ziemlichem Herzrasen da und schauten uns an. Was würde uns jetzt erwarten? Hatte sich die Reise gelohnt oder müssten wir erneut hin?

Wir hatten uns vor dem Test schon viele Gedanken gemacht und natürlich auf ein positives Ergebnis gehofft, aber eigentlich ein negatives erwartet. Damit es uns nicht enttäuschen konnte. Die Wahrscheinlichkeit war einfach viel zu gering, dass es direkt klappen würde. Unsere ganze Familie und unsere Freund*innen haben uns Mut zugesprochen: »Das wird schon!« Aber so richtig geholfen hatte das auch nicht. Wir selbst können es ja schließlich nicht beeinflussen – wäre auch zu schön, wenn das ginge. Deshalb ist es uns auch sehr wichtig, hier noch einmal zu erwähnen, dass es ganz normal ist, wenn es länger dauert. Bei manchen Frauen klappt es direkt, bei manchen dauert es Monate, bei manchen klappt es nie.

Aber wir waren uns unabhängig vom Testergebnis einig, dass wir uns keinen Stress machen und ganz entspannt an die weitere Reise rangehen würden. Gesagt, getan. Wir haben unseren Früherkennungstest aus dem Nachtschrank geholt und ausgepackt. Dann ist Nessi kurz auf Toilette verschwunden und kam mit einer zittrigen Hand wieder. Laut Anleitung würden wir in circa fünf Minuten das Ergebnis wissen. Allerdings fühlte sich die Zeit niemals wie fünf Minuten für uns an, sondern eher wie Stunden. In dem Feld bekommt man mehrere Balken angezeigt und wenn alle Balken zu sehen sind, ist die Zeit rum und man bekommt das Ergebnis: entweder ein Plus oder ein Minus. Unser Puls stieg und stieg und stieg, die Hände waren verschwitzt und in diesem Moment warfen wir alle unsere guten Vorsätze (»wir machen uns keinen Stress und bleiben entspannt«) über Bord. Wir wollten einfach unbedingt dieses Plus zu sehen bekommen – doch es blieb aus. Stattdessen wurde uns ein Minus, das aussieht wie ein doofes Stoppschild, angezeigt. Die Enttäuschung war riesig und die Tränen fielen – auch wenn wir immer damit gerechnet hatten, hat es uns doch den Boden unter den Füßen weggerissen.

Wir schickten noch am selben Tag unserer Familie und unseren engsten Freund*innen ein Foto vom negativen Schwangerschaftstest, damit wir dieses Kapitel für den Versuch im Oktober abschließen konnten. Das Ergebnis teilten wir dann abends mit der Klinik und auch auf Social Media und waren einfach mit der Situation überfordert. Einerseits waren wir traurig, andererseits wollten wir es am liebsten bei der nächsten Möglichkeit erneut versuchen. Wir hatten uns allerdings vorher vorgenommen, dass wir einen Monat

Pause machen würden: Wir wollten uns keinen unnötigen Druck aufbauen und zudem ist es eine weite Reise, bei der wir immer ein paar Tage weg sind. Aber die Enttäuschung brachte uns nun doch dazu, dass wir uns am selben Abend eine dreitägige Unterkunft für Ende November in Dänemark buchten. Wir achteten aber extra darauf, dass wir sie kostenlos stornieren können würden, falls die zwei fruchtbarsten Tage doch nicht auf diesen Zeitraum fielen.

Nichts
ändert sich,
BIS MAN SICH
SELBST ÄNDERT.
UND PLÖTZLICH
ändert sich
alles.

JETZT MAL KLARTEXT:

WENN DIE HORMONE VERRÜCKT SPIELEN

Hormone sind, ganz einfach erklärt, biochemische Botenstoffe, die bestimmte Vorgänge in unserem Körper steuern – vor allem in Phasen mit größeren Veränderungen wie Schwangerschaft, aber auch Pubertät oder »nur« der Periode. Leider gehen diese Veränderungen oft einher mit unschönen Nebeneffekten wie seltsamen Essgelüsten, Stimmungsschwankungen oder unreiner Haut. Wichtig ist es, auch in solchen Zeiten zu sich selbst zu stehen und ein gutes Verhältnis zu seinem Körper zu entwickeln. Kleiner Trost: Das alles ist ein gutes Zeichen, dass dein Körper »normal« funktioniert, niemand ist mit diesen Schwierigkeiten allein und – das Beste daran – es geht auch wieder vorbei, sobald die Prozesse im Körper abgeschlossen sind.

Du hast das Gefühl, du kommst allein nicht zurecht? Such dir Hilfe, zum Beispiel bei deinen Freund*innen oder auch deiner Mutter, bei schlimmen Hautproblemen auch unbedingt bei einem Arzt/einer Ärztin. Es ist immer schon einmal ein guter Anfang, darüber zu reden, um die Schwierigkeiten anzunehmen und sich Unterstützung und Rat zu holen. Das kann man auch ganz anonym, zum Beispiel bei der Initiative »Nummer gegen Kummer«, einem Beratungsangebot für Kinder, junge Erwachsene, aber auch Eltern (www.nummergegenkummer.de, kostenlose Rufnummer: 116111).

ÜBRIGENS

Seit die Hebammenausbildung 2020 reformiert wurde, gilt die Berufsbezeichnung »Hebamme« einheitlich für alle Geschlechter. Vorher wurden männliche Hebammen »Entbindungspfleger« genannt.

WAS DU AUSSERDEM FÜR DIE INNERE AUSGEGLICHENHEIT TUN KANNST

Umgib dich mit Menschen, die dir guttun. Das können Freund*innen mit einem gemeinsamen Hobby sein, vielleicht gibt es auch in deiner Umgebung einen Jugendtreff, in dem man neue Leute kennenlernen oder über Gott und die Welt quatschen kann. Bewegung macht dir Spaß? Wie wäre es mit einem Sportverein oder einem neuen Kurs im Fitnessstudio? Egal, was du tust – Hauptsache, du fühlst dich wohl in deinem Körper und nimmst ihn, wie er ist, auch wenn die Hormone gerade Achterbahn fahren!

WERTVOLLE BEGLEITERIN: DIE HEBAMME

Von Beginn der Schwangerschaft an über die Geburt und bis in die erste Zeit mit dem Neugeborenen ist eine Hebamme eine zuverlässige Ansprechpartnerin für medizinische, aber auch soziale oder psychische Fragestellungen. Hebammen kennen sich aus mit den Vorgängen im Körper von Mutter und Kind, nehmen Ängste, führen Untersuchungen durch, betreuen die Geburt und helfen dabei, diese spannende Zeit stark und positiv gestimmt zu erleben. Außerdem bieten sie oft zusätzliche Kurse wie Geburtsvorbereitung (auch für die Partner*innen) oder Sport in der Schwangerschaft an, über die man gleich Kontakte zu anderen Müttern knüpfen kann, was auch nach der Geburt wirklich helfen kann, um sich auszutauschen über die eigenen Erfahrungen oder sich gegenseitig unter die Arme zu greifen.

ERFOLGSQUOTEN DER KÜNSTLICHEN BEFRUCHTUNG

Leider ist auch bei einer künstlichen Befruchtung ein Erfolg – also schwanger werden und ein Kind bekommen – nicht automatisch garantiert. Ein paar Zahlen des Deutschen IVF-Registers, eines gemeinnützigen Vereins, der die Behandlungen und Ergebnisse nahezu aller Kinderwunschzentren in Deutschland auswertet, von 2019/2020 besagen: Die Wahrscheinlichkeit, gleich beim ersten Mal schwanger zu werden, liegt bei etwa 34,5 Prozent. Nach zwei sogenannten »Transfers« (der Übertragung der befruchteten Eizelle in die Gebärmutter) liegt die Wahrscheinlichkeit bei etwa 52,4 Prozent. Das heißt aber noch nicht, dass die Schwangerschaft auch zum Erfolg, also zur Geburt, führt. Die Geburtenrate pro Transfer lag zum Beispiel 2019 lediglich bei 23,3 Prozent. Dabei spielt auch das Alter der Frau eine große Rolle – je älter sie ist, desto schwieriger wird es mit einer Schwangerschaft, wie bei der »natürlichen« Befruchtung auch.

AUCH INTERESSANT: IVF und ICSI mit Spendersamen (Erklärung der Abkürzungen auf den Seiten 99–100), wie es zum Beispiel wir gemacht haben, kommen immer häufiger vor (2018: 1129 Behandlungen, 2019: 1404 Behandlungen).

RAUS AUS DER EINSAMKEIT

Unsere Welt ist schnelllebig und gerade auch das Internet macht es möglich, dass wir uns online austauschen, ohne uns real treffen zu müssen. Gerade während der Coronapandemie mussten sich einige Menschen konkret mit dem Gefühl der Einsamkeit auseinandersetzen. Dieses Gefühl macht uns traurig. Allerdings ist Einsamkeit nicht unbedingt dasselbe wie Alleinsein. Denn nur weil jemand allein ist, muss er sich nicht automatisch einsam fühlen. Aber auch jemand, der von Freund*innen und Familienmitgliedern umgeben ist, kann sich einsam fühlen.

Wusstest du, dass Großbritannien einen Minister für Einsamkeit hat? Das zeigt, wie wichtig das Thema ist und dass es nicht unterschätzt werden sollte.

Solltest du dich auch (manchmal) einsam fühlen, haben wir hier ein paar Tipps für dich:

1. SPRICH DARÜBER!

Wenn du erst seit Kurzem unter Einsamkeit leidest, teile dich deinen Freund*innen oder Familienmitgliedern mit. Sprich offen und ehrlich über deine Gefühle. Sollte der Zustand schon länger anhalten, such dir unbedingt professionelle Hilfe und wende dich an Ärzt*innen oder Psycholog*innen. Es ist ein Zeichen von Stärke, wenn man nach Hilfe fragt!

2. DU BIST NICHT ALLEIN.

So, wie du dich fühlst, geht es noch anderen. Es gibt Plattformen, Apps und lokale Foren, in denen Menschen zusammenkommen und gemeinsame Aktivitäten unternehmen. Das kann ein gemeinsames Kochevent sein, gemeinsamer Sport oder zusammen einem Hobby nachzugehen. Ansonsten kann es dir auch schon helfen, rauszugehen und dich unter Menschen zu mischen.

3. KOMM IN BEWEGUNG UND GEHE DEINER LEIDENSCHAFT NACH!

Hast du dich in letzter Zeit ausreichend bewegt? Bist du deinen Hobbys nachgegangen, hast vielleicht Musik gehört, dich kreativ ausgelebt oder warst ganz im Flow? Wenn nicht, könnten dir genau diese Sachen gerade am Anfang helfen. Du könntest dir zum Beispiel ein Ehrenamt oder einen Verein suchen.

Frage dich: Welchem Ehrenamt würdest du gern nachgehen? Und welcher Verein interessiert dich? Das kann alles sein, von Engagement für ältere Menschen, Tierschutz, Umwelt bis hin zu Flüchtlingshilfe.

....

....

....

4. NUTZE SOCIAL MEDIA BEWUSST.

Social Media ist ein wundervolles Tool, um sich inspirieren und unterhalten zu lassen oder neue Kontakte zu knüpfen. Aber Vorsicht: Du solltest nicht zu viel Zeit online verbringen. Hier ist vielmehr ein gesundes Gleichgewicht besonders wichtig.

5. WAS KANNST DU ÄNDERN?

Bist du mit deiner Gesamtsituation zufrieden? Oder würdest du dir wünschen, in einer WG oder in der Nähe von Freund*innen und/oder Familie zu wohnen? Nimm dir einen Zettel und schreibe dort auf, was dir helfen könnte, damit es dir in der Zukunft besser geht.

CHILL & RELAX – SELFCARE

Gerade und besonders in sehr stressigen Zeiten sollte man sich selbst nicht verlieren und versuchen, möglichst positiv zu denken und sich etwas Gutes zu tun. Einfach mal runterkommen kannst du mit diesen Wellness-Tipps für zu Hause.

DUFTENDES BADESALZ

2 Tassen grobkörniges Meersalz (die Hälfte davon im Blitzhacker oder im Mörser zerkleinert) in ein Schraubglas geben. 1 EL Pflanzenöl (z. B. Oliven- oder Kokosöl) sowie 10–15 Tropfen eines ätherischen Duftöls (z. B. Lavendel für Entspannung, Zitrusdüfte für gute Laune) dazu, Deckel drauf und alles gründlich durchschütteln. Über Nacht stehen lassen, so zieht das Öl in die Salzkristalle ein. Am nächsten Tag noch 2 EL Natron (für die Hautreinigung) hinzufügen und, wenn du magst, getrocknete Blüten untermischen. Für ein Vollbad braucht man ungefähr 100 g Badesalz. Übrigens: Auch in der Schwangerschaft tut ein Bad gut, nur nicht zu heiß und nicht zu lange, weil es sonst unter Umständen verfrühte Wehen auslösen kann.

GESICHTSMASKE

Der erfrischende Klassiker: 1 Stück Salatgurke (ca. 5–8 cm dick) und 1–2 EL Quark oder Joghurt im Mixer pürieren und auftragen. Nach 15 Minuten abwaschen.

GEHALTVOLL: Fruchtfleisch von ½ Avocado, 1 TL Honig, 1 EL Quark oder Sahne zusammen pürieren und dick auftragen. 20 Minuten einwirken lassen, dann abwaschen.

WIR SIND SCHWANGER!

Am 07. November 2021 führten wir mittags den ersten Schwangerschaftstest durch und haben uns dabei gefilmt. Abends machten wir dann ohne Kamera erneut einen, aber auch der war negativ.
Ihr wisst gar nicht, aber könnt euch vielleicht vorstellen, wie traurig ich war, als ich diesen Strich gesehen habe. Ich hatte innerlich so sehr darauf gehofft, dass dort ein Plus erscheinen würde. Ich wollte mir aber meinen Optimismus nicht nehmen lassen und habe sofort in Dänemark in der Nähe der Kinderwunschklinik nach einer neuen Unterkunft geschaut, damit wir unsere zweite Reise dorthin direkt planen und buchen konnten. Irgendwie konnte ich mit dem Gedanken, den nächsten Versuch bald zu starten und unserem Ziel wieder näher zu sein, besser einschlafen. Aber ein paar Tage später kam dann doch alles anders …

Ina

Als der erste Test negativ gewesen war, waren wir traurig, natürlich, aber manchmal gab es im Leben Wendungen, mit denen man nicht mehr gerechnet hatte …
Nessi und ich saßen zwei Tage nach den beiden negativen Test abends auf der Couch und schauten eine Serie, aber ich kann mich nicht mehr daran erinnern, welche. Ich weiß nur noch, dass gerade eine sehr spannende Stelle lief, dementsprechend verwunderte es mich, als Nessi meinte, sie müsse mal aufs Klo. Ich weiß noch, dass ich sie fragte, ob ich auf Pause drücken und warten solle, bis sie wieder da sei, aber sie meinte nur, das sei nicht notwendig. Also schaute ich weiter, aber sie blieb einige Zeit weg, was ich gar nicht so wirklich merkte, bis sie nach einigen Minuten meinen Namen rief. Die Zeit vor dem Fernseher war mit der Serie doch recht schnell davongeflogen. Ich kann mich noch erinnern, dass mich ihr Rufen ein wenig genervt hatte, weil die Serie gerade WIRKLICH spannend war. Ich drückte also doch die Pausentaste und ging ins Schlafzimmer, wo ich auf die vollkommen aufgelöste Nessi stieß, die unter Tränen zu mir sagte: »Bubu, ich bin schwanger!«

Vanessa

Zwei Tage nach dem ersten negativen Test hatte ich auf einmal abends Brustschmerzen auf der linken Seite. Ich machte den Anfängerfehler und googelte das. Natürlich kamen dabei nur schlimme mögliche Diagnosen in der Ergebnisliste heraus – deshalb sollte man keiner Suchmaschine vertrauen, wenn es um Symptome geht! Irgendwo stand aber auch, dass man bei so einem Brustschmerz einen

Schwangerschaftstest machen sollte. Ich hatte noch zwei ungenutzte in meiner Schublade. Während ich mit Ina also die Serie sah, traf ich den Entschluss, dass ich noch einmal einen machen würde. Ich wollte Ina aber nicht unnötig aufscheuchen, weil es wieder zu einer möglichen Enttäuschung hätte führen können, also ließ ich mir nichts anmerken und ging einfach ins Bad. Im Nachhinein hätte ich es übrigens gern anders gemacht und den Moment mit ihr zusammen erlebt, aber ich war in dem Augenblick einfach so aufgewühlt. Ina schaute also weiterhin die Serie – es war übrigens Denver Clan –, während ich direkt beide Schwangerschaftstests gleichzeitig machte. Es dürfte so ungefähr 18 Uhr gewesen sein. Da man bei so einem Test ja auch eine gewisse Zeit warten muss, bis er das Ergebnis anzeigt, wollte ich die Wartezeit bei Ina verbringen, statt mich allein im Bad verrücktzumachen, außerdem wäre ich sonst verdächtig lang weg gewesen 😁. Ich versteckte also beide Tests im Schlafzimmerschrank und war innerlich total aufgeregt. Ob ich wohl doch schwanger sein könnte …?

Zurück auf der Couch ließ ich mir nichts anmerken und wartete fünf Minuten ab. Dann stand ich wieder auf, um nach den beiden Tests zu schauen. Dabei fiel mir gerade noch rechtzeitig ein, mein Handy mitzunehmen und eine Videoaufnahme zu starten – für den Fall der Fälle. Ich hatte schon immer meine Reaktion auf Kamera festhalten wollen, falls er irgendwann mal positiv sein sollte. So eine Reaktion finde ich total schön und sie ist ein unglaublich wertvoller Moment! Ich bin so froh, dass ich mein Handy wirklich mitgenommen habe … sonst hätte ich schließlich die nachfolgenden emotionalen Minuten nicht festgehalten und nachträglich erneut erleben können.
Ich betrat also das Schlafzimmer und schaute in den Schlafzimmerschrank. Die zwei Schwangerschaftstests hatten unterschiedliche Darstellungen: Einer war ein Strichtest (bei einem Strich ist er nega-

tiv, bei zwei Strichen positiv), der andere ein Plus/Minus-Test (das Minus steht für negativ und das Plus für positiv). Nachdem wir jetzt soo viele Tests gemacht hatten, muss ich sagen, dass ich Tests besser finde, die im Display direkt »Schwanger« oder »Nichtschwanger« anzeigen – da muss man nicht raten, ob das wirklich ein zweiter Strich oder nur eine Verdunstungslinie ist. Ich öffnete also die Schranktür, schaute auf die Tests … und sehe einfach ein Plus auf dem einen Test. Er war positiv! (Auf den zweiten Test habe ich in dem Moment dann gar nicht mehr wirklich geachtet und da war der zweite Strich tatsächlich auch nur ganz leicht zu sehen.) Ihr könnt euch nicht vorstellen, WIE doll mein Herz geklopft hat. Als würde ich gleich mit der größten und schnellsten Achterbahn der Welt fahren! Ich habe so doll gezittert, als würde ich gerade die schönste Nachricht auf der Welt bekommen – was ja auch so war 🥲.

Ich hatte wirklich nicht damit gerechnet! Die Brustschmerzen hätten ja schließlich auch eine andere Ursache haben können. Dieses Unerwartete, Überraschende war irgendwie das Schönste an der ganzen Sache. So normal und doch irgendwie spontan. Ich habe DIREKT Ina zugerufen: »Bubu, komm mal bitte!«

Ina

Ich war so überfordert und verstand die Welt nicht mehr, konnte mich also im ersten Moment auch gar nicht so richtig freuen, ich war einfach geschockt. Wie konnte das sein? Wieso war der Test vorher negativ gewesen? Wir würden jetzt also doch ein Baby bekommen? Echt jetzt?!?!?!?! Ein absolutes Gefühlschaos brach in mir aus und so wirklich realisierte ich es in diesem Moment auf keinen Fall. Und weil das alles so unwirklich war, setzten wir uns direkt ins Auto, um zur nächsten Apotheke für einen neuen Schwangerschaftstest zu fahren. Es war schon spät, also hatte tatsächlich nichts mehr offen. Wir mussten also etwas länger zu einer Notfallapotheke fahren. Sicherheitshalber nahmen wir gleich zwei mit, denn das konnte jetzt doch nicht wirklich wahr sein, oder? Sollten wir wirklich dieses Glück haben und Eltern werden? Nach nur einem ersten Versuch der künstlichen Befruchtung? Die Serie hatte sich – sicher keine Überraschung – auf jeden Fall für diesen Abend erst einmal erledigt. Wir waren SO GLÜCKLICH und mussten irre viel weinen – aber immerhin Freudentränen –, als auch der zweite und dritte Test »Schwanger« angezeigt hat. Abends im Bett überschlugen sich die Bilder in unseren Köpfen nur so vor lauter Zukunftsgedanken. Ich weiß noch, dass ich kaum Ruhe fand. Ich konnte einfach nicht fassen, dass ich bald Mama sein würde.

Inas Reaktion war einfach wirklich die beste! Ihre ersten Worte nach meiner Verkündung waren: »Oh nein, wir haben Fisch gegessen!« Um diesen Satz zu verstehen, muss man wohl wissen, dass man manche Lebensmittel während einer Schwangerschaft vermeiden sollte, um das Baby nicht mit potenziell negativen Stoffen zu belasten – unter anderem eben auch rohen Fisch. Zwei Stunden vor dieser wundervol-

*len Nachricht hatten Ina und ich uns einfach die größte Sushi-Platte der Welt reingezogen! Hätte ich auch nur von meiner Schwangerschaft geahnt, hätte ich das natürlich auf keinen Fall gegessen. Während Ina die ganze Zeit nur gelacht und sich tierisch gefreut hat, brach ich einfach in Tränen aus vor lauter Emotionen. Alles war wunderschön und überfordernd zugleich. Ach, das war wirklich einer der schönsten Momente meines Lebens. Und ich glaube immer noch, dass der erste negative Test Schicksal war. Ich glaube ja irgendwie an Schicksal – vielleicht hatte es so sein sollen. Den ersten Test hatten wir live mit unserer richtigen Kamera aufgenommen, um es auch unseren Follower*innen, also euch, nicht vorzuenthalten. Aber vielleicht meinte das Schicksal halt, dass wir es erst nur für uns genießen sollten und dass es unser Geheimnis bleiben sollte. Im Nachhinein war es richtig schön so. So konnten wir ganz entspannt planen, wie und vor allem WANN wir es unseren Freund*innen und unserer Familie erzählen würden – ganz ohne Druck. Wir sind übrigens weiter dabei geblieben und haben keinem von der überraschenden Nachricht erzählt. Damit wir alle Zeit der Welt hatten.*

Ina

Am nächsten Morgen vereinbarten wir einen Frauenarzttermin. Wieso sollten schließlich diese Tests nicht auch gelogen haben wie der allererste schon? Vielleicht würden wir doch kein Baby bekommen? Wir hatten eine riesige Angst, diese Enttäuschung erneut zu erleben, und wollten daher auf Nummer sicher gehen. Was wir zu diesem Zeitpunkt aber nicht ahnten: Das hieß erneutes Warten, denn der Frauenarzt meinte, es sei noch zu früh für einen sicheren Test. In dieser Zeit legten wir für uns fest, dass wir wirklich abwarten würden, sollte unser Wunsch tatsächlich in Erfüllung gegangen sein. Wir stornierten also unseren geplanten Trip nach Dänemark.

Wir mussten diese Eindrücke und allgemein die Zeit erst einmal für uns als Paar verarbeiten und wollten mit niemandem darüber sprechen – zum einen wegen der Gewissheit und zum anderen aus Angst, dass Klein Bubu nicht bleiben würde. Wenn wir durch diesen komischen Zufall nun schon Zeit »gewonnen« hatten, dann würden wir die kritischsten Wochen auch abwarten und erst danach mit unseren Freund*innen und unserer Familie reden.

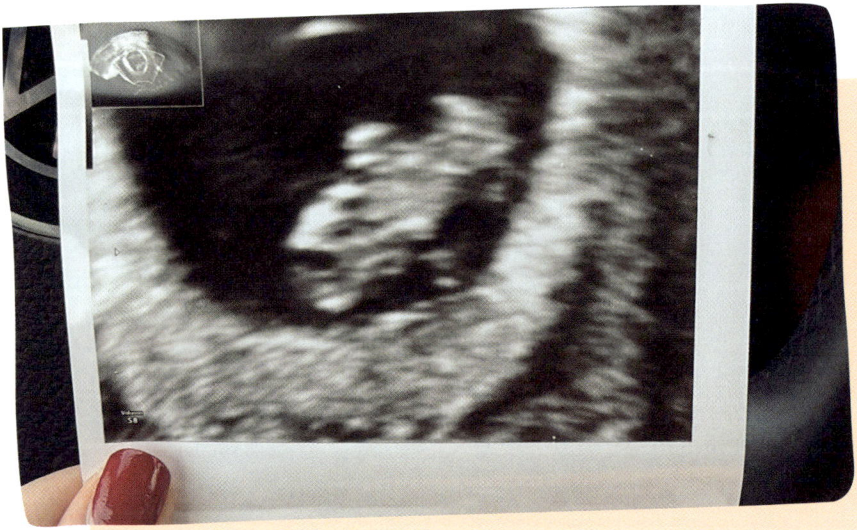

Das erste Ultraschallbild von Klein Bubu

*Bevor wir es unseren Freund*innen und Familien erzählten, wollten wir den ersten Frauenarzttermin abwarten bzw. so lange warten, bis man den Herzschlag hören würde. Das war irgendwie unsere »magische Grenze«, wisst ihr?*

Aufgrund der immer noch herrschenden Pandemie durfte ich bei Nessis entscheidendem Frauenarztbesuch leider nicht mit in die Praxis kommen. Ich saß also zu Hause, wartete und wäre fast durchgedreht dabei. Ich konnte kaum die Füße stillhalten. Irgendwann schickte mir Nessi ein Ultraschallbild zu und somit war klar: Wir würden ein Baby bekommen! Als ich das einige Stunden später verarbeitet hatte, musste ich echt einige Freudentränen vergießen. Eine unfassbar emotionale Situation!

Nach der Bestätigung des Frauenarztes waren die nächsten Wochen sehr aufregend. Auch wenn alles von diesem mulmigen Gefühl begleitet wurde, dass wir als Paar so ein Geheimnis hatten – das letzte Mal war es uns bei unserer Beziehung so ergangen. Es war ungewohnt, etwas nur allein zu wissen (abgesehen vom Frauenarzt, aber ich denke, ihr versteht schon, was ich hier meine). Wir wollten die Füße stillhalten und unser Geheimnis die ersten paar Wochen erst einmal für uns behalten. Wir nutzten die Zeit stattdessen, um für unsere Freund*innen und Familie eine kleine überraschende Botschaft vorzubereiten. Auch verbrachten wir ein wenig mehr Zeit als sonst auf Pinterest und suchten nach allen möglichen Ideen und Inspirationen, wie man seinen Liebsten am kreativsten und schönsten mitteilen konnte, dass wir nun doch schwanger waren. Aber im Hinterkopf war sie immer da, diese Angst, dass etwas passieren könnte und wir das Baby doch wieder verlieren könnten.

Ina

*Bubu und ich hatten dann auch schon innerhalb von zwei Tagen den perfekten Plan, wie wir es allen erzählen wollten. Alle uns wichtigen Menschen bekamen ihre eigene, individuelle Verkündung: Meine Mama überreichten wir zum Beispiel einen Body für das Baby mit der Aufschrift »Du wirst Oma«, unsere Freund*innen haben teilweise Rubbellose bekommen (»Wir werden Eltern«) und einer Freundin schenkten wir eine Weinflasche mit einem besonderen Etikett, auf dem die Verkündung stand. Also es gibt wirklich sooo viele kreative Ideen! Wir hatten irre viel Freude daran, das alles vorzubereiten und unsere Liebsten zu überraschen. Denn sie alle gingen nach wie vor davon aus, dass ich nicht schwanger war und wir es weiter versuchen würden.*

Nachdem die ersten zwölf, also die kritischen, Wochen überstanden waren, ging es um diesen Zeitraum herum los, dass wir alle einweihten. Das war gar nicht so leicht, denn unseren angekündigten Dänemark-Trip hatten wir ja inzwischen storniert und brauchte auch keine neue Reise dorthin mehr. Aber wie erklärte man das auf die Nachfragen unserer Bekannten hin, wenn man sie ja auch nicht anlügen will, aber eben auch noch nicht mit der ganzen Wahrheit ans Licht kann? Alle bekamen also ihre eigene Botschaft, angefangen bei Nessis Mama über unsere weiteren Familienmitglieder, Freund*innen und nicht zu vergessen: EUCH. Wir werden nie wieder diese ganzen leuchtenden Augen und staunenden Münder vergessen, als wir es ENDLICH sagen konnten und nun »geheimnisfrei« waren.

Aber jetzt sitze ich erst einmal hier und stelle mir vor, wie ich in einigen Wochen dieses Buch in den Händen halten werde und weiß, dass nun viele Menschen da draußen von unserem Wunder wissen. Es ist manchmal so unvorstellbar, dass ich gar nicht beschreiben kann, wie glücklich mich das alles macht. Danke, Nessi, dass ich mit dir die tollste Frau an meiner Seite habe und dass du trotz allem immer so stark bist. Denn für Nessi waren die letzten Wochen nicht leicht, angefangen bei der kurzen, großen Enttäuschung des falsch-negativen Tests. Außerdem hat sie bisher keine so angenehme Schwangerschaft: Entweder hat sie Sodbrennen oder Bauchschmerzen – manchmal auch noch gemischt mit Übelkeit. Aber wir werden das gemeinsam meistern und haben immer im Hinterkopf, dass unsere Familie jetzt ein kleines Stück größer wird ... ❤

Als wir es nach und nach unseren Liebsten erzählt hatten, wollten wir es natürlich auch euch erzählen. Das war übrigens kurz vor der zwölften Schwangerschaftswoche, am 22. Dezember 2021. Irgendwie fanden wir den Moment passend, auch so kurz vor Weihnachten – dem Fest der Liebe. Das war einfach ein richtig schöner Jahresabschluss und ein tolles Weihnachtsgeschenk an uns selbst ❤️!

Unser erstes Bild nach dem positiven Test

LIEBE BESTEHT
NICHT DARIN,
DASS MAN
EINANDER ANSIEHT,
SONDERN DASS MAN
GEMEINSAM
IN DIE GLEICHE
RICHTUNG BLICKT.

Antoine de Saint-Exupéry

JETZT MAL KLARTEXT:

UNISEX-NAMEN

Unisex-Namen sind Vornamen, die nicht direkt auf das Geschlecht des Kindes schließen lassen. Erst seit 2008 sind diese übrigens in Deutschland erlaubt, vorher musste der Name eindeutig auf einen Jungen oder ein Mädchen hinweisen. Grundsätzlich sind Eltern frei in der Namenswahl, aber die Standesbeamten können trotzdem in besonders krassen Fällen (wie »Störenfried« oder »Waldmeister«) einen Namen verweigern, wenn sie zum Beispiel das Wohl des Kindes dadurch gefährdet sehen.

Hier ist eine Auswahl an geschlechtsneutralen Kindernamen:

ALEX
ANDREA
BENTE
DOMINIQUE
EIKE
JONTE
KIM
MIKA
NOA
TONI

MEINE LIEBLINGSNAMEN

Welche Namen findest du schön? Was verbindest du mit ihnen?

....

Wenn du irgendwann gern Kinder haben möchtest:
Wie würdest du deine Kinder nennen?

....

Wenn du dir für dich einen anderen Namen aussuchen könntest,
wie würdest du gern heißen?

....

INSIDER-INFO

Diese fünf mögliche Namen haben wir uns am Anfang der Schwangerschaft für unser Kind ausgesucht:

- Mathilda
- Lucrezia
- Letizia
- Rebecca
- Charlotte
- Samuel
- Matheo
- Leander/Leandro
- Fynn
- Kilian

KEEP A SECRET

Sicher hattest auch du schon Geheimnisse, die du mit niemandem teilen wolltest. Warum ist das so? Manchmal wird man gebeten, etwas geheim zu halten, was einem ein anderer anvertraut hat. Manchmal möchte man auch selbst etwas geheim halten, zum Beispiel, welchen Menschen man gerade besonders anziehend findet oder für den man schwärmt – bis man sich endlich traut, die Person anzusprechen. Vielleicht möchte man auch eine Krankheit verheimlichen, damit sich Familie und Freund*innen keine Sorgen machen.

Die Gründe dafür sind vielfältig, aber trotzdem können Geheimnisse auch eine Belastung sein. Überlege dir, was passieren könnte, wenn das Geheimnis trotzdem rauskäme. Meist ist das gar nicht so schlimm wie die ständige Unsicherheit und Angst vor dessen Entdeckung. Natürlich sollte man keinen Vertrauensbruch begehen und etwas öffentlich machen, was andere einem anvertraut haben. Aber wenn der Druck zu groß wird, solltest du auf jeden Fall mit der Person darüber sprechen, dass du es jetzt nicht mehr für dich behalten kannst.

Geht es sogar in die Richtung, dass es jemandem schaden könnte, das Geheimnis für dich zu behalten, solltest du auf jeden Fall eine weitere Vertrauensperson zurate ziehen und abwägen, was mehr Sinn ergibt – schweigen oder reden. Gerade in (Liebes-)Beziehungen sollte man gut überlegen, was wichtiger ist: absolute Ehrlichkeit zueinander (was natürlich Geheimnisse wie schöne Überraschungen nicht ausschließt 😉) oder ob man doch in der einen oder anderen Sache auf Distanz bleiben möchte.

GEHEIMNISSE & ICH

Was war das krasseste Geheimnis, das dir mal anvertraut wurde?

....

....

Wem würdest du ein Geheimnis anvertrauen?

....

....

Welches Geheimnis würdest du selbst niemals preisgeben
und für dich behalten?

....

....

Hast du schon mal ein Geheimnis eines anderen verraten?

....

....

Welche komischen Angewohnheiten hast du?

....

Hast du aktuell einen heimlichen Schwarm, von dem niemand weiß?
Was macht die Person für dich zu so etwas Besonderem?

....

Hast du schon mal eine Nachricht an die falsche Person geschickt,
was dir in dem Moment total unangenehm war? Wenn ja, was war das?

....

Hast du dich schon mal älter oder jünger geschummelt?

● Ja ● Nein

Vielleicht hast du schon mal Geld von deinen Eltern geklaut, ohne sie zu fragen? Wenn ja, weißt du noch, wofür du es ausgegeben hast?

....

Was ist dir so richtig peinlich?

....

Hast du dir schon mal vor Lachen in die Hose gemacht?

● Ja ● Nein

FÜR 4 PORTIONEN

KNUSPRIGE HERZSTANGEN

ZUTATEN:

4 Blätterteig-Platten aus der Tiefkühltruhe (je ca. 10 × 20 cm)

60 g getrocknete Tomaten (in Öl eingelegt)

120 g Käse

1 Prise Salz

1 EL italienische Kräuter

ZUBEREITUNG:

Heize deinen Ofen auf 180 Grad Umluft (oder 200 Grad Ober/Unterhitze) vor. Lass die Blätterteigplatten leicht antauen und belege ein Blech mit Backpapier. Püriere die Tomaten mit dem Käse, Salz und den italienischen Kräutern in einem Mixer oder Multizerkleinerer, verteile die Masse auf zwei Platten und lege jeweils eine der unbestrichenen Platten darauf. Nun beide Blätterteigplatten der Länge nach jeweils in vier Streifen schneiden. Nimm nun jeden Streifen in die Hand und zwirbel sie ineinander. Forme jetzt je zwei Streifen auf dem Blech so, dass sie ein Herz ergeben. Die Enden nun zusammen und auf das Backblech drücken. Am Ende hast du vier Herzen, die du auf dem Blech im Ofen ungefähr 15–20 Minuten backst. Lasse sie anschließend abkühlen und schneide die überstehende Füllung mit einem Messer ab. Schmeckt superlecker!

DIE FROHE BOTSCHAFT

Wir haben hier ein paar süße Ideen für eine Schwangerschaftsverkündung rausgesucht, die wir ganz toll fanden:

- Rubbelkarten (die kannst du mit einer Münze freirubbeln und darunter steht dann z. B. »Wir sind schwanger!«)
- Babykleidung mit Aufschrift (z. B. »Du wirst Oma!«)
- Eine Weinflasche mit einem bedruckten Etikett mit der tollen Nachricht
- Eine Geschenkbox mit einem positiven Schwangerschaftstest
- Eine Schokoladenpackung und wenn man diese öffnet, steht drin »Damit ich nicht die einzige bin, die in den nächsten Monaten ordentlich zunimmt!« 😁
- Ein Ultraschallbild ausdrucken und es auf eine Karte kleben
- Glückskeks mit der persönlichen Botschaft

MEINE SCHÖNSTEN GEBURTSTAGE!

Was war dein schönster Geburtstag?

....

Welches sind die Top 5 der schönsten Geburtstagsgeschenke, die du jemals bekommen hast?

....

....

....

....

....

Was war das verrückteste Geschenk, das du bekommen und verschenkt hast?

....

Was war der schönste Ort, an dem du deinen Geburtstag gefeiert hast?

....

DIE ZEIT DER SCHWANGER-SCHAFT

Während ich dieses Kapitels schreibe, bin ich in der 21. Schwangerschaftswoche. Wir haben also offiziell die erste Schwangerschaftshälfte geschafft – yay! Es ging übrigens drunter und drüber, aber ich blieb trotzdem im Gegensatz zu anderen Schwangeren von vielen Sachen verschont. Man hört ja von sooo vielem, was manche Schwangere betreffen kann. Übergeben musste ich mich nicht, aber trotzdem hatte ich in den ersten vier Monaten sehr doll mit Magenschmerzen und Sodbrennen zu kämpfen. Aber so langsam geht es bergauf und bis auf ein paar Dehnungsschmerzen im Unterleib geht es mir super 😊.
Jeder Frauenarztbesuch ist etwas Besonderes und ich bin immer richtig traurig, wenn ich wieder vier Wochen bis zum nächsten Termin warten muss. Es ist so ein tolles Gefühl, Klein Bubu auf dem Ultraschallbild zu sehen. Ina darf mich jetzt auch wieder regelmäßig begleiten. Immerhin ist das endlich wieder möglich. Am Anfang meiner Schwangerschaft ging es ja aufgrund der Pandemie nicht. Beim nächsten großen Ultraschall, der uns jetzt bevorsteht, ist Ina übrigens

auch dabei. Vielleicht erfahren wir da sogar das Geschlecht? Es wäre wahnsinnig schön, wenn wir das gemeinsam erfahren. Es gibt auch Menschen, die das Geschlecht vor der Geburt nicht erfahren wollen, sondern sich lieber überraschen lassen möchten. Aber wir wollen es auf jeden Fall wissen und dann lieber unsere Freund*innen und Familien damit überraschen.
Wir haben in letzter Zeit in den Gesprächen und dem Austausch mit euch gemerkt, dass es wirklich wahnsinnig viele Fragen zum Thema Schwangerschaft und Co. gibt, weshalb wir euch extra für dieses Kapitel gefragt haben, ob ihr etwas auf dem Herzen habt, was wir euch in diesem Kapitel unbedingt beantworten sollen. Und wer weiß, vielleicht ist ja auch deine Frage dabei 😊?

Was isst du während deiner Schwangerschaft am meisten?

VANESSA Da musste ich jetzt erst mal drüber nachdenken, aber laut Ina esse ich gerade richtig gern Beeren, Melonen, Gummibärchen und Burger!

Hast du seltsame Schwangerschaftsgelüste?

Momentan ehrlich gesagt nicht – es gibt Sachen, die ich insgesamt sehr gern esse. Aber ich habe jetzt keine Heißhungerattacken auf saure Gurken oder komische Kombinationen.

Ich glaube, dass Ina deutlich merkwürdigere Sachen isst – und zwar immer 😁!
Ich hatte am Anfang keinen Heißhunger, dafür aber einen richtigen Ekel vor Fisch. Allein beim Geruch oder der Vorstellung wurde mir schlecht! Jetzt langsam kann ich aber wieder Fischstäbchen und sowas essen. Seit der 15. Schwangerschaftswoche hat sich der Ekel gelegt und ich versuche viele Mahlzeiten über den Tag verteilt zu essen. Denn besonders abends habe ich das Gefühl, als würde ich verhungern 🥲.

Gibt es etwas, das du jetzt nicht mehr machen darfst?

Also grundsätzlich sehen wir das so, dass das jede für sich entscheiden muss – natürlich Alkohol oder Zigaretten ausgeschlossen. Aber es gibt vieles, das man als Schwangere vermeiden »sollte«. Es sollten aber alle für sich selbst einschätzen, wie sie es handhaben. Ich verzichte z. B. auf rohen Fisch (wie Sushi), weich gekochte Eier und rohes Fleisch. Außerdem schaue ich, dass ich nicht zu viel Cola bzw. zu viel Koffein trinke.

Wie viel hast du zugenommen? Sieht man deinen Bauch schon?

Es hat tatsächlich lange gedauert, bis man bei meinem Bauch überhaupt etwas erahnen konnte. Zugenommen habe ich aktuell (21 SSW) 2,5 Kilogramm. Meine Mama hatte mit mir insgesamt 24 Kilogramm zugenommen. Man sagt übrigens, dass man bei einer zweiten Schwangerschaft viel schneller an Gewicht zulegt und auch der Bauch schneller wächst. Aber für solche Gedanken ist jetzt erst einmal keine Zeit 😁!
Jeder Bauch sieht anders aus, wächst anders und ist anders – und das ist wunderbar. Ich finde es persönlich auch schade, dass heutzutage viele Schwangere anhand ihres Bauches bewertet werden. Ist doch egal, ob rund, eckig, groß oder klein. Da ist schließlich einfach ein Wunder drin!

Wie geht es dir, hattest du Beschwerden?

Wie schon erwähnt, bin ich weitestgehend verschont geblieben und alles andere wie Übelkeit, Sodbrennen und Magendruck hat sich wieder gelegt. Ab und zu hatte ich Nasenbluten und aktuell schon zum zweiten Mal eine Erkältung. Aber gut, es gibt wirklich Schlimmeres.
Habt ihr schon mal vom Schwangerschaftsschnupfen gehört? Er betrifft mich und ungefähr 30 Prozent aller

werdenden Mütter. Ich bin aktuell zum zweiten Mal erkältet und das ist für mich echt ungewöhnlich. Normalerweise bekomme ich nur alle zwei bis drei Jahre eine Erkältung. Im Gegensatz zu einer »echten« Erkältung wird die nicht durch Bakterien oder Viren ausgelöst, sondern vermutlich durch den veränderten Hormonhaushalt. Man produziert auch während der Schwangerschaft mehr Blut im Körper, was zu einem Anschwellen der Schleimhäute führen kann, daher dann auch das Nasenbluten.
Ich wache ansonsten nachts öfter auf, weil das Baby auf die Blase drückt und ich dann auf Toilette gehen muss.

Hat dich das Baby schon getreten?

Jaaaa! In der 20. SSW war es dann das erste Mal so weit. Ich habe übrigens eine Vorderwandplazenta, da spürt man das Baby später eh unter der Haut noch viel mehr, wenn man die Hand drauflegt. Das hat mir die Frauenärztin letztes Mal erklärt und das wird auch in meinem Mutterpass drinstehen. Die Plazenta (oder auch »Mutterkuchen«) ist ein Stoffwechselorgan während der Schwangerschaft und ernährt das Baby sozusagen. In der Regel nistet sich der Embryo im hinteren Teil der Plazenta ein, aber manchmal kann es auch passieren, dass er sich – wie bei mir – vorn einnistet. Das ist grundsätzlich nicht schlimm, man muss nur gut auf sich und seinen Bauch aufpassen, weil so natürlich weniger Puffer zwischen der Welt da draußen und dem

Baby hier drinnen ist.
Kurz nachdem ich unser Baby das erste Mal gespürt habe, hat Ina es auch gemerkt. Es war sooo aufregend. Meistens bewegt oder dreht es sich, wenn wir Musik hören, während wir im Auto sitzen oder uns für die Welt da draußen fertig machen. Vielleicht wird es mal ein*e Tänzer*in?

Was war für euch bis jetzt das Highlight der Schwangerschaft?

Die gemeinsamen Ultraschalltermine.
Die sind einfach so schön und emotional. Wenn Ina mich (wie beim letzten Mal) begleiten kann, hat sie oft auch ein paar Freudentränchen in den Augen ❤.

Kann man das Gefühl der Schwangerschaft mit irgendetwas vergleichen?

Puuh, also die Bewegungen des Babys fühlen sich aktuell so »wellenartig« an, wie ein kleiner Wurm. Also für mich ist das auf keinen Fall vergleichbar mit »Schmetterlingen im Bauch«. Aber es ist auch nicht unangenehm (bisher), sondern ich freue mich einfach riesig, wenn ich das Baby spüre. Ich sage zu Ina dann auch bestimmt fünfmal am Tag: »Oh, es hat sich bewegt!«

Habt ihr schon mit dem Nestbau angefangen und Dinge fürs Baby gekauft?

Oh ja! Besonders Ina. Wir haben schon so viele Sachen und immer, wenn wir einkaufen gehen, besteht unser Einkauf zu 70 Prozent aus Sachen fürs Baby und nur zu 30 Prozent aus Sachen für uns 😁.

Wie möchtest du entbinden, habt ihr euch darüber schon Gedanken gemacht?

Ich möchte im Krankenhaus entbinden. Wir haben eins in Berlin gefunden, das uns gut gefällt, das werden wir uns demnächst noch mal genauer anschauen. Aktuell sind nur virtuelle Kreissaalbesichtigungen möglich, das finden wir persönlich sehr schade.
Für uns sind auch die (Corona-)Regeln dort wichtig, also ob Ina die ganze Zeit dabei sein darf. Außerdem ist uns auch wichtig, dass das Krankenhaus eine Babystation hat, falls doch dann etwas sein sollte. Ansonsten müssen wir uns ungefähr in der 30. SWS-Woche dann auch fest in dem Krankenhaus unserer Wahl für den berechneten Geburtstermin anmelden. Also da haben wir noch etwas Zeit, aber wir haben uns schon informiert und einen Favoriten im Blick.

Hast du Angst vor der Geburt?

Eher Respekt! Aber das haben wir beide. Am Ende freut man sich wahrscheinlich umso mehr, wenn es losgeht, weil wir dann schon so lange darauf gewartet haben, Klein Bubu in den Armen zu halten. Aber ich würde lügen, wenn ich sagen würde, dass ich keine Angst vor den Schmerzen hätte.

Wie informiert ihr euch zum Thema Schwangerschaft und Geburt?

Wir haben zwei ganz tolle kostenlose Apps auf dem Handy (da gibt es eine sooo riesige Auswahl) und wir haben uns schon ein Buch bestellt, für eine sanftere Geburt. Mal schauen, ob es etwas bringt.

Willst du eine »natürliche« Geburt?

Das strebe ich auf jeden Fall an! Aber bei so etwas weiß man ja leider nie, wie es genau ablaufen wird. Wenn es zu Komplikationen kommt und die Ärzt*innen mir empfehlen, eine PDA (Schmerzmittel) zu bekommen oder das Kind auf

anderem Weg auf die Welt zu holen, werde ich mich der Situation vermutlich anpassen (müssen). Das Wichtigste ist schließlich, dass Klein Bubu gesund auf die Welt kommt.
Jede Schwangere (und natürlich auch die Partner*innen) vollbringt eine Meisterleistung! Egal, ob mit einer PDA, einem Kaiserschnitt oder was auch immer: Jede Geburt ist eine »richtige Geburt« und man kann in jedem Fall überaus stolz auf sich und dieses kleine Wunder sein.

Will Ina als Nächstes schwanger werden?

Das entscheiden wir ganz entspannt. Niemand soll sich zu etwas gedrängt fühlen. Momentan fühlt es sich, so wie es ist, für uns beide richtig an. Ob wir überhaupt noch ein zweites Kind möchten und ob Ina dann schwanger wird, steht noch in den Sternen.

Worauf freut ihr euch am meisten, wenn Klein Bubu da ist?

Kuscheleinheiten, Zeit zu dritt (und natürlich zu viert mit Charly) und auf die gemeinsamen Sachen, die wir erleben werden.

Habt ihr schon ein paar Namen? Wie habt ihr euch die Namen überlegt?

Bevor wir überhaupt schwanger wurden, haben wir uns schon Gedanken über mögliche Namen gemacht. Wir haben einen ähnlichen Geschmack, was echt superpraktisch ist 😁!
Wir haben mithilfe einer App dann *den* perfekten Namen gefunden und saßen bestimmt mehrere Stunden dran. Jetzt haben wir jeweils einen möglichen Jungen- und einen Mädchennamen, die für uns schon feststehen. Es sind Doppelnamen ohne Bindestrich, damit Klein Bubu später selbst entscheiden kann, ob es beide Namen nutzen möchte oder nur einen 😊.

Wie haben eure Liebsten auf die Namen reagiert?

Wir haben uns dazu entschieden, niemandem diese Namen vorher zu verraten. Denn wir haben sie voller Liebe und mit Herzblut ausgesucht, daher möchten wir nicht auf Reaktionen wie »Seid ihr euch *wirklich* sicher?« oder »Dieser Name geht ja gar nicht« stoßen. Vielleicht ändern wir unsere Meinung bis zur Geburt noch, aber momentan haben wir nicht vor, es zu verraten 😊.

Welche fünf Lebensweisheiten würdet ihr Klein Bubu gern fürs Leben mitgeben?

1. Sei mutig und glücklich!
2. Sei immer du selbst ❤️!
3. Wir sind immer stolz auf dich und du brauchst niemals Angst davor zu haben, uns etwas zu erzählen.
4. Wir finden gemeinsam für alles eine Lösung.
5. Behandle andere Menschen immer so, wie du auch gern behandelt werden möchtest.

Das erste gekaufte Babyoutfit

DAS LEBEN IST ZU KURZ FÜR »VIELLEICHT« ODER »IRGENDWANN«.

LGBTQ*-QUIZ – WIE GUT KENNST DU DICH AUS?

Checke hier dein Wissen rund um das Thema LGBTQ*. Kannst du alle Fragen beantworten, ohne auf die nächsten Seiten umzublättern, wo du die Antworten findest?

1. DAS BEKANNTESTE SYMBOL DER LGBTQ*-COMMUNITY IST DIE REGENBOGENFLAGGE. SEIT WANN GIBT ES SIE?

a) 1987 b) 1969 c) 1978

2. WOHER HAT DER CHRISTOPHER STREET DAY SEINEN NAMEN?

a) Von dem berühmten Aktivisten Christopher Street, der das erste Mal im Jahr 1968 zu einer Demonstration aufgerufen hat.

b) Von dem Buch *Christopher Street* aus dem Jahr 1971, in dem über LGBTQ* erstmals aufgeklärt wurde.

c) Von einem Aufstand sexueller Minderheiten im Jahr 1969 in der Christopher Street in New York.

3. EHE FÜR ALLE! WELCHES LAND FÜHRTE SIE ALS ERSTES EIN?

a) Norwegen

b) Niederlande

c) Irland

4. UND WANN WURDE SIE DAS ERSTE MAL GESETZLICH EINGEFÜHRT?

- a) 30. Juni 2017
- b) 1. August 2001
- c) 31. Juli 2011

5. WOFÜR STEHT DIESE FLAGGE?

- a) Lesbisch
- b) Bi*
- c) Trans*

6. SEIT WANN IST HOMOSEXUALITÄT IN DEUTSCHLAND GESETZLICH ENDLICH STRAFFREI?

- a) 11. Juni 1994
- b) 23. Mai 1989
- c) 2. September 1990

7. WENN EINE PERSON ASEXUELL IST, BEDEUTET DAS, DASS SIE …

- a) … keine romantische Beziehung eingehen möchte oder keine romantische Anziehung verspürt.
- b) … anderen Menschen gegenüber keine oder wenig sexuelle Anziehung empfindet.
- c) … sich grundsätzlich nicht festlegen möchte, in welches Geschlecht sie sich verliebt oder von wem sie sich angezogen fühlt.

8. BIS WANN ZÄHLTE LAUT DER WHO HOMOSEXUALITÄT WELTWEIT NOCH ALS KRANKHEIT?

- a) 31. Dezember 1989
- b) 28. Februar 1992
- c) 17. Mai 1990

9. LAUT EINER STUDIE ZUFOLGE OUTEN SICH DIE MEISTEN JUGENDLICHEN INNERHALB DER FAMILIE DAS ERSTE MAL VOR …

- a) … der Mutter.
- b) … dem Vater.
- c) … den Geschwistern oder Tanten.

DIE AUFLÖSUNG

1. ANTWORT C): DAS BEKANNTESTE SYMBOL DER LGBTQ*-COMMUNITY, DIE REGENBOGENFLAGGE, GIBT ES SEIT 1978.

Die Regenbogenflagge (oder auch LGBTQ* Pride Flag) hast du sicherlich schon mal gesehen, denn sie gilt als *das* internationale Symbol für die gesamte LGBTQ*-Bewegung. Das erste Mal tauchte sie 1978 auf. Jede Farbe hat eine eigene Bedeutung. Die allererste Flagge hatte übrigens noch zwei weitere Farben: Pink und Türkis. Jedoch konnte man damals noch kein grelles Pink industriell und als Massenware herstellen, daher ließ man es erst mal weg. Für eine gleichmäßige Aufteilung der Streifen entfernte man dann auch noch das Türkis.

2. ANTWORT C): DER CHRISTOPHER STREET DAY HAT SEINEN NAMEN VON EINEM AUFSTAND SEXUELLER MINDERHEITEN IM JAHR 1969 IN DER CHRISTOPHER STREET IN NEW YORK.

Am 28. Juni passierte in New York etwas, das die LGBTQ*-Szene in Bewegung brachte: Die Polizei führte eine ihrer regelmäßigen Razzien in Schwulenbars durch, doch zum ersten Mal stießen die Polizist*innen auf ernsthaften Widerstand. Die Gäste des Stonewall Inn in der Christopher Street lehnten sich gewaltsam gegen die Diskriminierung auf und es kam daraufhin zu Straßenschlachten.

3. ANTWORT B): DIE EHE FÜR ALLE FÜHRTE ALS ERSTES DIE NIEDERLANDE EIN.

Danach reihten sich immer mehr Länder ein und öffneten die Ehe für gleichgeschlechtliche Paare. Insgesamt gibt es sie in 30 Ländern, davon 17 Staaten in und 13 Länder außerhalb Europas.

4. ANTWORT A): AM 30. JUNI 2017 WURDE DIE EHE FÜR ALLE DAS ERSTE MAL GESETZLICH EINGEFÜHRT.

Am 1. August 2001 wurde zunächst das Lebenspartnerschaftsgesetz erlassen. Gleichgeschlechtliche Paare konnten dadurch eine Lebenspartnerschaft begründen. Im Großen und Ganzen kam diese einer Ehe gleich, jedoch gab es einige rechtliche Unterschiede. Eine gemeinschaftliche Adoption war beispielsweise weiterhin unmöglich.

Am 30. Juni 2017 wurde in Deutschland endlich die »Ehe für Alle« gesetzlich beschlossen. Partner*innen, die bis dahin in einer eingetragenen Lebenspartnerschaft gelebt hatten, konnten nun diese freiwillig in eine Ehe umwandeln lassen. Das ist also noch gar nicht so lange her!

5. ANTWORT B): DIE FLAGGE STEHT FÜR BI*.

Auch wenn die Regenbogenflagge alle Menschen der queeren Community vereinen soll, haben sich mit der Zeit eigene Flaggen für bestimmte Liebesformen und Identitäten etabliert. Das Rosa bei der Bi*-Flagge steht für die gleichgeschlechtliche Liebe, das violett für die Liebe zu einem Menschen unabhängig von der Geschlechtsidentität und das blau steht für die Liebe zu einem anderen Geschlecht.

6. ANTWORT A): SEIT DEM 11. JUNI 1994 IST HOMOSEXUALITÄT IN DEUTSCHLAND GESETZLICH STRAFFREI.

In Deutschland waren noch bis zu diesem Datum sexuelle Handlungen zwischen Homosexuellen verboten und konnten bestraft werden. Der bis dahin mehr als einhundert Jahre alte Paragraf wurde am 11. Juni 1994 offiziell gestrichen.

7. ANTWORT B): EINE ASEXUELLE PERSON EMPFINDET ANDEREN MENSCHEN GEGENÜBER KEINE ODER WENIG SEXUELLE ANZIEHUNG.

Das bedeutet nicht, dass Asexuelle gar keinen Sex haben. Manche befriedigen sich selbst oder haben Sex, weil sie es schön finden, ihren Partner*innen nahe zu sein, oder weil sie sich ein Kind wünschen.

8. ANTWORT C): BIS ZUM 17. MAI 1990 ZÄHLTE HOMOSEXUALITÄT LAUT DER WHO WELTWEIT NOCH ALS KRANKHEIT.

Bis zum diesem Tag galt Homosexualität weltweit noch als Krankheit, die behandelt werden sollte. An besagtem Tag beschloss die Weltgesundheitsorganisation, diese Diagnose aus der Liste der psychischen Krankheiten zu streichen, was dann im März 1994 endlich auch umgesetzt wurde.

9. ANTWORT A): LAUT EINER STUDIE ZUFOLGE OUTEN SICH DIE MEISTEN JUGENDLICHEN INNERHALB DER FAMILIE ZUERST VOR DER MUTTER.

Jede*r sollte seinen eigenen Weg finden, um sich zu outen, denn es gibt verschiedene Möglichkeiten und Herangehensweisen. Nessi hat sich zuerst bei ihrem Papa, Ina bei ihrer Mama geoutet. Und wir haben uns persönlich auch zuerst für eine Mitteilung per WhatsApp entschieden, wie wir in unserem ersten Buch beschreiben.

JETZT WIRD'S BUNT!

Sei in den Farben so vielfältig, wie wir Menschen es sind!

EIN BLICK IN DIE ZUKUNFT

UNSER LEBEN MIT EINEM KIND

VANESSA: *Ich glaube schon, dass wir uns ein Leben mit Kind generell einfacher vorstellen, als es ist. Es werden bestimmt Situationen eintreten, in denen wir beide etwas überfordert und gereizt sein werden … oder in denen wir uns gegenseitig die Köpfe abreißen wollen 😁!*

INA: Ja, genau – das ist der Punkt. Meistens denkt man sich: »Ach, das wird schon.« Wenn ich aber andere Menschen mit ihren Neugeborenen sehe, dann denke ich manchmal schon eher: »Oh Gott, wie soll das werden?«, und habe Angst vor einer möglichen Überforderung. Ich kann mir manchmal nicht vorstellen, dass ich das wirklich auf die Reihe bekommen werde. Aber trotz allem bin ich mir auch sicher, dass das irgendwie klappen wird mit uns. Letztlich wissen wir ja beide, dass es egal ist, wie viel wir uns vorbereiten, es kommt sowieso anders. Und irgendwie muss es ja werden – schließlich sind wir nicht die ersten Mütter auf dieser Erde 😁.

VANESSA: *Ich stelle mir das so vor, dass wir uns die anfallenden Aufgaben richtig gut aufteilen, dann bekommen wir das auch irgendwie hin. Wir werden uns gegenseitig helfen und jede bekommt ihre festen Aufgaben, damit nicht alles an einer hängen bleibt.*

INA: Ich denke, dass wir nach kurzer Zeit schon relativ viel Struktur in unseren Alltag bekommen werden. Wir waren schon immer ein gutes Team und haben schon so viele stressige Zeiten gemeinsam überstanden.

VANESSA: *Meine allergrößte Angst ist, dass wir beide viel zu wenig Schlaf bekommen. Ich hasse es, wenn ich nicht schlafen kann und dauermüde bin. Das halte ich einfach nicht allzu lange durch - ich bekomme davon ganz schnell ganz schlechte Laune* 🙈.

INA: Auch hier passen wir wieder super zusammen, denn das Gute bei mir ist: Wenn ich müde bin, kann ich immer und überall schlafen! Ich könnte jetzt und hier sofort schlafen, wenn ich das wollte.

VANESSA: *Und ich kann nicht mal Mittagsschlaf machen! Einschlafen geht bei mir nur abends. Deswegen habe ich ja so Angst vor der Müdigkeit - vor allem vor den ersten Monaten nach der Geburt.*

INA: Ich kann dir da ganz sicher nachts helfen. Vielleicht bin ich dann als coole Nachteule mit dem Kind im Arm unterwegs 😁!

VANESSA: *Stell dir das mal nicht so cool vor, das kann schon eine krasse Herausforderung werden.*

INA: Doch, doch, das wird super! Ich trinke dann morgens einfach einen superstarken Kaffee und dann läuft alles wie von selbst 😉. Mama bekommt einen Koffeinkick, während Mami sich im Bett den verdienten Schönheitsschlaf holt.

VANESSA: 😁

INA: Unser Kind wird Vanessa mit »Mami« ansprechen und mich mit »Mama«. Damit wir auch wissen, wer wann gemeint ist. Ich bin die Mama, weil ich wahrscheinlich den strengeren Part der Erziehung übernehmen werde. Wer noch eine coole Eselsbrücke braucht: InA = MamA und NessI = MamI 😁.

VANESSA: *Du hast einfach auch viel mehr Durchsetzungsvermögen. Ich merke das bei unserem Hund Charly, dass du da strenger bist als ich. Aber das ist gar nicht so schlimm, vielleicht bekomme ich dadurch ein paar entspannte Bonuspunkte bei unserem Kind. Good Cop, bad Cop, und so* 😁.

INA: Zum Beispiel dafür, dass es dann doch Fischstäbchen geben wird, weil ihr mich beide überstimmt 😁! Spaß beiseite, ich bin mir sicher, dass wir immer eine gemeinsame Lösung finden werden – auch wenn wir unterschiedliche Ansichten haben.

VANESSA: *Wenn wir beide mal Streitigkeiten haben sollten, würden wir das niemals vor unserem Kind austragen, sondern immer nur unter vier Augen. Ich finde es ganz schlimm, wenn Eltern sich andauernd vor ihren Kindern streiten …*

INA: Wenn es um die Werte geht, die wir unserem Kind vermitteln wollen, fallen mir als Erstes Ehrlichkeit und positive Bestärkung ein.

VANESSA: *Mir ist es ganz wichtig, unserem Kind zu vermitteln, dass ihm alle Türen offenstehen und es ein Recht darauf hat, glücklich zu sein. Es soll seine Stärken im Job und in den Hobbys ausleben und das tun, was es möchte. Sich von seiner Leidenschaft den Weg zeigen lassen.*

INA: Wir möchten unser Kind möglichst gut unterstützen. In meiner Familie konnten wir alles, was uns auf dem Herzen lag, ansprechen. Auch wenn es mal andere Vorstellungen oder Meinungen gab, haben wir darüber gesprochen und sind uns irgendwie einig geworden. Das möchte ich unbedingt weitergeben, weil mir das wahnsinnig geholfen hat im Leben. Egal, was es ist oder wie schlimm etwas sein sollte, unser Kind soll wissen, dass es von uns nicht verurteilt werden wird für seine Meinungen oder Taten.

VANESSA: *Ich finde es auch ganz wichtig, dass wir aufpassen, über was wir uns vor unserem Kind negativ äußern. In unserem ersten Buch haben wir schon erzählt, dass Ina da eine schlechte Erfahrung innerhalb der Familie gemacht hat, was ihr Coming-out am Ende erschwert hat. Wir möchten auf keinen Fall, dass unser Kind mal Angst hat, uns etwas über seine sexuelle Orientierung zu sagen.*

INA: Dass unser Kind zwei Mamas hat, könnte auf dem Spielplatz, im Kindergarten oder in der Schule auch eine Herausforderung sein, wenn dort andere Kinder sind, die darüber gemeine Sachen sagen. Wenn wir unser Kind gut stärken und stützen, hoffe ich, dass es mit Mobbing umzugehen weiß, aber bestenfalls natürlich gar nicht davon betroffen ist.

VANESSA: *Ich wurde als Kind leider gemobbt und es würde mich traurig machen, wenn das meinem eigenen Kind auch passiert. Wenn wir Nachfragen von anderen Kindergartenkindern oder Mitschüler*innen bekämen, würden wir das immer ehrlich mit ihnen besprechen und erklären, dass Ina und ich uns lieben und es auch andere Familienkonstellationen gibt als nur eine Mama und ein Papa.*

UNSER GRÖSSTER WUNSCH

VANESSA: *Es klingt vielleicht altmodisch, aber wenn ich über uns in zehn Jahren nachdenke, habe ich einen ganz klaren Wunsch: Wir wohnen zusammen in unserem eigenen Haus mit Garten und Pool, unser Hund Charly spielt mit unserem Kind und wir fahren jedes Jahr in den Familienurlaub.*

INA: Das wäre so schön! Ich wünsche mir, dass es kein Hass mehr auf der Welt gibt und alle Menschen uns akzeptieren. Dass wir eine richtig glückliche, zufriedene und gesunde Familie sind und wir ein oder vielleicht sogar auch zwei Kinder haben werden.

VANESSA: … *und wenn wir nicht gestorben sind, dann leben wir noch übermorgen 😁!*

NUR WER
SELBST BRENNT,
KANN FEUER
IN ANDEREN
ENTFACHEN.

Aurelius Augustinus

JETZT MAL KLARTEXT:

KINDER UND JUGENDLICHE IN REGENBOGENFAMILIEN

Eine groß angelegte Studie hat bereits im Jahr 2009 erforscht, ob sich Kinder und Jugendliche in Regenbogenfamilien anders fühlen oder sogar anders entwickeln als Gleichaltrige in Familien mit heterosexuellen Eltern. Das Ergebnis: Es kommt nicht darauf an, ob man Mutter und Vater, zwei Mütter oder zwei Väter hat oder auch nur bei einem Elternteil allein aufwächst! Es muss schlicht die Beziehungsqualität innerhalb der Familie stimmen – und das ist absolut unabhängig von der Konstellation der Eltern. Eher berichteten Kinder und Jugendliche aus Regenbogenfamilien davon, dass sie ein höheres Selbstwertgefühl und mehr Autonomie in der Beziehung zu beiden Elternteilen verspürten.

INTERNATIONALER TAG FÜR REGENBOGENFAMILIEN (INTERNATIONAL FAMILY EQUALITY DAY)

Immer am ersten Sonntag im Mai soll dieser Tag weltweit gefeiert werden. Ins Leben gerufen wurde er auf dem ersten internationalen Symposium von LGBTQ*-Familienorganisationen aus Europa, den USA und Kanada im Jahr 2011. Damit soll ein Zeichen für Solidarität mit Regenbogenfamilien und deren Gleichstellung gesetzt werden.

WERTE: DAS IST MIR AN MEINEN HERZENSMENSCHEN WICHTIG!

Ob Freundschaft, romantische Beziehung, Ehe oder Eltern – wir führen mit jedem Herzensmenschen eine Beziehung. Welche Werte sind dir besonders wichtig? Kreise sie ein!

- Abenteuer
- Akzeptanz
- Authentizität
- Balance
- Beliebtheit
- Dankbarkeit
- Disziplin
- Ehrlichkeit
- Erfolg
- Fantasie
- Flexibilität
- Freiheit
- Fröhlichkeit
- Gelassenheit
- Gerechtigkeit
- Gesundheit
- Großzügigkeit
- Harmonie
- Hilfsbereitschaft
- Humor
- Kreativität
- Kritikfähigkeit
- Leidenschaft
- Liebe
- Loyalität
- Mitgefühl
- Mut
- Nachhaltigkeit
- Offenheit
- Optimismus
- Ordnung
- Respekt
- Selbstbestimmung
- Sicherheit
- Spaß
- Toleranz
- Tradition
- Treue
- Unabhängigkeit
- Verantwortung
- Vertrauen
- Wohlstand
- Zugehörigkeit

ICH BIN DANKBAR!

Für welche Aspekte bist du in deinem Leben so richtig dankbar?

INSIDER-INFO

Wusstest du, dass Nessi einen Schmuck-Zahnstein hat? Den hat sie schon, seitdem sie 15 ist, weil sie keine Piercings haben durfte. Also hat sie sich den beim Zahnarzt kleben lassen 😁.

INSIDER-INFO

Wusstest du, dass Ina an ihrem rechten Ohr sieben Ohrlöcher hat? Damals wollte sie die unbedingt haben, heute trägt sie aber nur noch selten in allen Ohrlöchern etwas.

Kennt ihr das, wenn Menschen um euch herum manchmal schon Bescheid wissen, obwohl ihr es vielleicht selbst noch nicht mal wisst? Nessis Eltern und Großeltern hatten sie mit fünfzehn Jahren auf das Thema lesbisch sein angesprochen. Sie verneinte es und lenkte vom Thema ab, weil es zu diesem Zeitpunkt noch viel zu früh für das Erkennen ihrer eigenen sexuellen Orientierung war. Mit der intensiven Freundschaft zu Ina und einem gemeinsamen Profilfoto versuchte Nessis Mama einen weiteren Anlauf und sprach Nessi direkt auf Ina an. Doch es sollte ein halbes Jahr dauern, bis sie sich vor ihrer Familie outete. Sie wollte den Zeitpunkt ihres Coming-outs selbst bestimmen und war mit sich selbst noch nicht im Reinen.

ANLAUFSTELLEN:
INFOS UND BERATUNG

Die nachfolgende Liste kann dich darin unterstützen, erste Anlaufstellen zu finden und Informationen zu bekommen, sie ist jedoch unvollständig. Erkundige dich in deinem Wohnort, ob es dort Einrichtungen oder Treffen gibt, bei denen du dich gut aufgehoben fühlst.

INFOS

Aufklärung und Beratung von der Kampagne der
Bundeszentrale für gesundheitliche Aufklärung:
https://www.liebesleben.de/fuer-alle

Gender-Dings:
https://genderdings.de/

Queer-Lexikon:
https://queer-lexikon.net/

Lesben- und Schwulenverband:
https://www.lsvd.de/de/

Verein/Selbsthilfeorganisation für Transgender,
Angehörige und Interessierte:
https://gendertreff.de

Verein Intersexuelle Menschen e. V.:
https://im-ev.de/

BERATUNG

Informationen und Anlaufstellen vom Bundesministerium für Familie, Senioren, Frauen und Jugend: https://www.regenbogenportal.de/

Schwule Online-Community »Du bist nicht allein!«: https://www.dbna.com/

Beratung bei Diskriminierung bei der Antidiskriminierungsstelle: https://www.antidiskriminierungsstelle.de

Jugendnetzwerk LAMBDA, Jugendzentrum in Berlin: https://www.lambda-bb.de/

Jugendzentrum für Schwule und Lesben in Köln: http://www.anyway-koeln.de/

Beratungsstelle pro familia: https://www.profamilia.de/themen/sexualitaet-und-partnerschaft/sexuelle-orientierung-und-sexuelle-identitaet

Telefonische Beratung für Menschen, die Hilfe bei der Auseinandersetzung mit ihrer sexuellen Orientierung und/oder mit ihrer geschlechtlichen Identität suchen, anonym und kostenlos:
Telefonnummer: 0611 309211
https://www.buntenummer.de/

Telefonische Beratung für Kinder, Jugendliche und junge Erwachsene, anonym und kostenlos. Zu Themen wie Sexualität, Partnerschaft, Stress mit den Eltern, Gewalt etc. bei der »Nummer gegen Kummer«:
Telefonnummer: 116 111
https://www.nummergegenkummer.de/kinder-und-jugendtelefon.html

SCHWEIZ

Plattform zum Thema LGBTQ*:
https://du-bist-du.ch/

Pink Cross, der nationale Dachverband der schwulen und bi*sexuellen Männer:
https://www.pinkcross.ch

Der Verein fördert die soziale und rechtliche Gleichstellung von Regenbogenfamilien:
https://www.regenbogenfamilien.ch

ÖSTERREICH

Homosexuelle Initiative Wien: erster Lesben- und Schwulenverband Österreichs:
https://www.hosiwien.at/

PRIDE

AN UNSER KLEINES WUNDER

Wir

Klein Bubu,
wenn du das hier liest, bist du vermutlich gar nicht mehr so klein. Wir schreiben diese Zeilen in sehnsüchtiger Erwartung auf dich und du kannst dir so vielleicht ein wenig vorstellen, wie wir uns gefühlt haben, bevor du auf die Welt kamst. Wie überrascht wir waren, dass wir schon mit dir im Schlepptau aus Dänemark nach Hause gekommen waren. Und wie sehr sich seither unser Leben verändert hat. Du hast es auf jeden Fall bereichert.
Nicht nur wir, sondern die ganze Familie freut sich unbeschreiblich darauf, dich kennen- und lieben zu lernen. Wenn du diese Zeilen liest, weißt du es schon, aber: Dich erwarten hier tolle Großeltern, die dir einiges ans Weisheit mit auf den Weg geben werden, tolle Tanten und viel herzliche Freude. Unsere Freund*innen und Verwandten werden zu deinen Freund*innen und Verwandten und heißen dich jetzt schon herzlich willkommen. Du kommst in eine Welt voller Liebe und wir sind unfassbar dankbar, dir diese Welt zeigen

zu dürfen. Eine Welt, in der zwar nicht alles toll ist, aber eine, in der wir, solange wir leben, immer für dich da sein, jeden deiner Schritte begleiten und unfassbar stolz sein werden.
Wir wollen dir einen Weg ebnen, aber folgen auch dem, den du einschlagen wirst. Während wir diese Zeilen schreiben, fließen ein paar Tränen, auch weil wir es nicht so richtig in Worte fassen können, wie groß unsere Freude auf dich ist. Und das Bemerkenswerte daran ist, dass du, während wir das hier schreiben, schon bei uns bist. Du bist zwar in einem dunklen Bauch, aber uns trennen eigentlich nur wenige Zentimeter, wenige Monate, in denen du in Mamis Bauch heranwächst. Auch wenn wir manchmal Angst haben, einigen Herausforderungen nicht gewachsen zu sein, wird es das schönste Geschenk sein, dich kleinen Menschen groß werden zu sehen. Vor allem – und das wünschen dir deine Mamas wirklich von ganzem Herzen – sollst du glücklich werden. Wir haben oft gelesen, dass Glück das Einzige sei, das sich verdoppelt, wenn man es teilt. Früher haben wir nicht verstanden, was das bedeuten soll, aber seit wir uns und unsere kleine Familie haben, verstehen wir diesen Spruch jeden Tag etwas mehr, inzwischen können wir ihn regelrecht fühlen. Und weißt du was? Da draußen gibt es noch viele andere Menschen, die sich auf den Moment freuen, in dem du das Licht der Welt erblickst und als kleines Menschlein die große Welt erkunden wirst.

Deine Mama und Mami

EIN DANKESCHÖN AN DICH

An dieser Stellen wollen wir dir einen besonderen Platz einräumen. Wen wir meinen? Dich! Ja, genau dich! Denn du hältst gerade dieses Buch in deinen Händen und das heißt, dass du unseren Weg und gewissermaßen auch den von Klein Bubu verfolgst und verfolgt hast. Dafür wollen wir DANKE sagen. Danke dafür, dass du mehr Verständnis für gleichgeschlechtliche Liebe in diese Welt bringst. Danke dafür, dass du es vielen kleinen Menschen da draußen ermöglichst, viele Formen einer Familie kennenzulernen. Danke dafür, dass du immer an Nessi und Ina geglaubt hast.

Zu Beginn dieser Reise wussten wir nicht, dass die wilde Fahrt losgehen würde, dass wir auf einer Abenteuerreise waren. Inzwischen fliegen wir aber mit geballter Kraft und einer Riesenmannschaft im Schlepptau durch die Gegend und erreichen Meilensteine, erzielen Veränderungen und zeigen der Welt, dass es nicht schlimm ist, so

zu sein, wie man ist. Wenn du also an dieser Stellen angekommen bist, dann klopfe dir selbst auf die Schulter.
Du bist toll so, wie du bist. Es gibt keinen Grund nach Fehlern zu suchen, wo tatsächlich einfach keine sind. Wir bedanken uns von ganzem Herzen und freuen uns auf die kommenden Tage, Monate oder auch Jahre, in denen du ein Teil unserer Abenteuerreise bist und weiter sein wirst.

ÜBER COUPLEONTOUR

Mit über drei Millionen Follower*innen auf TikTok und fast zwei Million Fans auf Instagram gehören Vanessa und Ina mit ihrem Pärchen-Account Coupleontour zu den beliebtesten LGBTQ*-Influencer*innen. Die beiden sind Anfang 20, leben in Berlin und sind verheiratet. Mit ihren Fotos und Videos setzen sie sich gegen Diskriminierung ein und ermuntern täglich dazu, zu sich und der eigenen Sexualität zu stehen, sich selbst zu lieben und niemanden für ihre*seine Sexualität zu verurteilen.

QUELLENANGABEN

Bundesministerium der Justiz (2009): Die Lebenssituation von Kindern in gleichgeschlechtlichen Lebenspartnerschaften, https://www.bmj.de/SharedDocs/Archiv/Downloads/Forschungsbericht_Die_Lebenssituation_von_Kindern_in_gleichgeschlechtlichen_Lebenspartnerschaften.pdf?__blob=publicationFile&v=3, Stichpunkt 3.5, S. 308 – Buchseite 178; Beitzinger, Franz/ Uwe Leest/ Christoph Schneider (2020): Bündnis gegen Cybermobbing e.V.: Cyberlife III. Spannungsfeld zwischen Faszination und Gefahr. Cybermobbing bei Schülerinnen und Schülern, https://www.buendnis-gegen-cybermobbing.de/fileadmin/pdf/studien/Cyberlife_Studie_2020_END1__1_.pdf: S. 81 – Buchseite 65; Coming-out – und dann...?!: https://www.bmfsfj.de/blob/90014/054ed380a72ca0eed511ea21753e1a61/dji-broschuere-coming-out-data.pdf: S. 19 – Buchseite 169; Deutsches IVF-Register (D·I·R)®, Journal für Reproduktionsmedizin und Endokrinologie Sonderheft 3/2021, https://www.deutsches-ivf-register.de/perch/resources/dirjb2020de.pdf: S. 12 – Buchseite 128; Deutscher Bundestag Das Namensrecht in der Bundesrepublik Deutschland (2019), https://www.bundestag.de/resource/blob/668750/a444b2f18bd02240ad54d400da7668ba/WD-7-148-19-pdf-data.pdf: S. 4 – Buchseite 144; Gesetz zum Schutz von Kindern mit Varianten der Geschlechtsentwicklung (vom 12. Mai 2021): http://www.bgbl.de/xaver/bgbl/start.xav?startbk=Bundesanzeiger_BGBl&jumpTo=bgbl121s1082.pdf – Buchseite 18 (u.); https://de.statista.com/statistik/daten/studie/1816/umfrage/zuwachs-der-weltbevoelkerung/#professional – Buchseite 98; https://de.wikipedia.org/wiki/Gleichgeschlechtliche_Ehe – Buchseite 104–105; https://de.wikipedia.org/wiki/Regenbogenfamilie – Buchseite 106–107; https://www.antidiskriminierungsstelle.de/DE/ueber-diskriminierung/diskriminierungsmerkmale/sexuelle-identitaet/stiefkindadoption/stiefkindadoption-node.html – Buchseite 77; https://www.bundesgesundheitsministerium.de/presse/pressemitteilungen/2020/2-quartal/beschluss-verbot-konversionstherapien.html – Buchseite 19; https://www.bmj.de/DE/Themen/FamilieUndPartnerschaft/Ehe/Eherecht_node.html – Buchseite 47; https://www.change.org/p/bundesrat-reform-im-abstammungsrecht-familie-f%C3%BCr-alle-familief%C3%BCralle2022 – Buchseite 79; https://www.lsvd.de/de/ct/1372-Ratgeber-Kuenstliche-Befruchtung-bei-gleichgeschlechtlichen-Paaren – Buchseite 99–102; https://www.lsvd.de/de/ct/3958-alltag-homophobe-und-transfeindliche-gewaltvorfaelle-in-deutschland – Buchseite 18; https://www.lsvd.de/de/ct/427-Die-gleichgeschlechtliche-Ehe-in-Europa-und-weltweit – Buchseite 104–105 & 167–168; https://www.spiegel.de/gesundheit/diagnose/who-streicht-transgender-von-liste-der-psychischen-krankheiten-a-1213812.html – Buchseite 18 (o.); https://www.sueddeutsche.de/politik/schweiz-ehe-volksabstimmung-1.5421712 – Buchseite 48; https://www.zdf.de/nachrichten/panorama/katholische-kirche-queer-outing-mitarbeiter-100.html – Buchseite 113; https://www.zeit.de/politik/deutschland/2022-02/co-mutterschaft-lesbische-paare-marco-buschmann – Buchseite 79; Koalitionsvertrag 2021 – 2025 zwischen der Sozialdemokratischen Partei Deutschlands (SPD), BÜNDNIS 90 / DIE GRÜNEN und den Freien Demokraten (FDP): Mehr Fortschritt wagen. Bündnis für Freiheit, Gerechtigkeit und Nachhaltigkeit, https://www.spd.de/fileadmin/Dokumente/Koalitionsvertrag/Koalitionsvertrag_2021-2025.pdf: S. 11 – Buchseite 102; Manifest #ActOut: https://act-out.org – Buchseite 17;

GEH AUF REISE MIT *Coupleontour!*

BISHER ERSCHIENEN:

Love on Tour
Ein Buch übers Suchen, Finden und Festhalten

192 Seiten, Softcover

ISBN: 978-3-96096-161-1

In ihrem Ratgeber »Love on Tour« erzählen Ina und Vanessa dir ihre ganz persönliche Geschichte. Schon früh merkten die beiden, dass sie sich zum gleichen Geschlecht hingezogen fühlten. Aus Angst hielten sie ihre Beziehung anfangs geheim. Sie nehmen dich in ihrem Buch mit auf die Reise zu sich selbst, erzählen vom absurden Gefühl, nicht normal zu sein, und davon, sich einzugestehen, in eine Frau verliebt zu sein. Außerdem berichten sie vom großen Glück der Liebe und dem unglaublichen Mut, zu sich selbst zu stehen. Ihre persönliche Geschichte wird von zahlreichen Fakten, Informationen und Tipps rund um die Themen Toleranz, Selbstakzeptanz und Geschlechtsidentität begleitet. Auf Aktivseiten kannst du deine Gedanken und Gefühle mitteilen und dich ganz individuell mit dem Thema auseinandersetzen.

IMPRESSUM

Coupleontour (Vanessa & Ina)
Together on Tour. Eine regenbogenbunte Reise.

1. Auflage

Weyerstraße 88–90
50676 Köln

Texte: Coupleontour (Vanessa & Ina)
Layout, Design & Satz: BUCH & DESIGN Vanessa Weuffel
Illustrationen: BUCH & DESIGN Vanessa Weuffel
Projektleitung: Sarah Völker
Redaktionelle Unterstützung: Julia Siegers
Lektorat: Britta Fietzke

Bildnachweis:
© Coupleontour: S. 138, S. 142, S. 162
© Lea Zimmermann: S. 191 (Cover Autorinnen Sticker)
© Liesa Fuchs: S. 6, S. 51, S. 92, S. 189
© privat: S. 66, S. 93, S. 149
© Theresa Geissinger: Cover Autorinnen Sticker, S. 26, S. 29, S. 35, S. 124

stock.adobe.com – Fotos: © Adono (Emojis): Innenteil | © Cute Designs (Korallen): Umschlag U1, Innenteil | © anuwat (Korallen): Innenteil | © Artlana (Muster): Umschlag U1, S. 2 | © kondratya (Sprechblasen): Innenteil | © Sini4ka: S. 16 | © juliyas: S. 170–171 | © Knstart Studio: S. 103, S. 185

Gesetzt aus der *Archer* von © Tobias Frere-Jones und Jonathan Hoefler, *Fedra Serif Pro* von © Peter Bil'ak, *DIN* © Albert-Jan Pool, *Golden Plains* © BLKBK Fonts, *Shoreline* © The Branded Quotes, *Canvas Curly Sans* © Ryan & Rena Martinson und der *Dominique* © Dominique Demetz.

Gesamtherstellung: Community Editions GmbH

978-3-96096-233-5

Printed in Poland

www.community-editions.de